Bianca

LA BELLA CAUTIVA

Michelle Conder

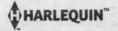
HARLEQUIN™

Editado por Harlequin Ibérica.
Una división de HarperCollins Ibérica, S.A.
Núñez de Balboa, 56
28001 Madrid

© 2018 Michelle Conder
© 2019 Harlequin Ibérica, una división de HarperCollins Ibérica, S.A.
La bella cautiva, n.º 2697 - 1.5.19
Título original: Bound to Her Desert Captor
Publicada originalmente por Harlequin Enterprises, Ltd.

I.S.B.N.: 978-84-1307-730-7
Depósito legal: M-10314-2019
Impresión en CPI (Barcelona)
Fecha impresion para Argentina: 28.10.19
Distribuidor exclusivo para España: LOGISTA
Distribuidor para México: Distibuidora Intermex, S.A. de C.V.
Distribuidores para Argentina: Interior, DGP, S.A. Alvarado 2118.
Cap. Fed./Buenos Aires y Gran Buenos Aires, VACCARO HNOS.

MIXTO
Papel procedente de
fuentes responsables
FSC
www.fsc.org   FSC® C108412

Capítulo 1

LO SIENTO, Majestad, pero no hay más información acerca del paradero de su hermana.

Jaeger al-Hadrid, rey de Santara, asintió y le dio la espalda a su asistente, un hombre mayor con pelo cano. Se acercó a la ventana del despacho del palacio y contempló la ciudad de Aran que se encontraba más abajo. Era temprano, amanecía sobre el Golfo de Ma'an y el sol bañaba la capital de Santara con un brillo dorado. El palacio de color rosa pálido estaba situado en la cima de una colina con vistas al puerto que, a pesar de haber sido un puerto industrial, se había reconvertido en la meca del turismo: hoteles, restaurantes, tiendas de ropa... Todo ello diseñado con gusto para combinar lo antiguo con lo nuevo. Era una más de las medidas exitosas de Jaeger para reactivar la economía local y mostrar el cambio de su reinado.

En aquellos momentos no era capaz de pensar en ello, puesto que la preocupación sobre el hecho de que su hermana hubiera desaparecido le ocupaba la mente.

¿Dónde estaría? Y lo más importante, ¿estaría bien?

Una semana antes, cuando él regreso de Londres después de un viaje de negocios, encontró una nota sobre su escritorio.

Querido Jag,
Sé que esto no te va a gustar, pero voy a ausentarme unas semanas. No voy a decirte dónde voy a

estar porque esto es importante para mí. Por eso no llevaré mi teléfono móvil.

¡Sé que si me lo llevara descubrirías mi paradero incluso antes de que llegara! No te preocupes, estaré bien.

Te quiero,

Milena xxx

«¿No te preocupes? ¿No te preocupes?» Después de lo que había sucedido tres años antes, ¿cómo no iba a preocuparse?

Recogió la nota que habían metido en una bolsa de pruebas y tuvo que esforzarse para no estrujarla. Hasta ese momento, lo único que su equipo de seguridad había podido descubrir era que su hermana había tomado un vuelo a Atenas y que había desaparecido con un hombre. Un hombre al que habían identificado como Chad James. Nada menos que un empleado con el que Jaeger había permitido que su hermana trabajara durante los seis últimos meses.

Jag apretó los dientes y respiró hondo. Chad James era un licenciado brillante que, el año anterior, había sido seleccionado para trabajar en GeoTech Industries, su empresa preferida. La empresa solo contrataba hombre y mujeres inteligentes que podían crear tecnologías punteras capaces de competir con cualquier cosa que saliera de Silicon Valley. Una semana antes el joven licenciado había pedido un mes de vacaciones sin sueldo.

¿Habría presionado a Milena para que se marchara con él y tuvieran una aventura amorosa? O peor aún, ¿la habría secuestrado y había dejado una nota, pensando en pedir un rescate más adelante?

Jag blasfemó en silencio. Desde que una década atrás se había convertido en rey, había hecho todo lo posible por mantener la seguridad de sus hermanos y hermanas.

¿Cómo había podido fracasar? ¿Cómo había podido equivocarse tanto? ¡Era culpa suya! Sin saberlo, había puesto en peligro a su hermana y era el responsable.

Y no podía haberlo hecho en peor momento.

Durante la última década había trabajado sin parar para sacar a Santara del lío político y económico que su padre había creado sin querer, y justo cuando Santara estaba a punto de ser reconocida a nivel mundial como un centro neurálgico de poder su hermana había desaparecido.

La preocupación lo estaba devorando por dentro.

—¿Cómo es posible que hoy en día nadie pueda descubrir dónde esta? –preguntó mirando a Tarik.

El hombre mayor, al que Jag conocía desde que era un niño, negó con la cabeza.

—No hay manera de seguirle la pista puesto que no se ha llevado ni el teléfono móvil ni el ordenador –contestó Tarik–. Ya hemos visto las grabaciones de las cámaras de seguridad de los puertos de Piraeus, Rafina y Lavrio, y también las de las estaciones de tren locales, pero hasta el momento, no hemos encontrado nada.

Llamaron a la puerta justo cuando Jag se disponía a hablar. Era el asistente personal. Se acercó a Tarik para murmurarle algo antes de mirar a Jag con empatía.

A Jaeger se le aceleró el corazón. Ojalá no le pasara nada a su hermana.

Tarik negó con la cabeza al ver su cara de preocupación.

Jag respiró hondo. Solo su círculo más cercano sabía que Milena había desaparecido, así que, habían movilizado a un grupo de soldados de élite para que encontraran a Chad James y a la princesa, exigiéndole que mantuviera máxima discreción. Jag ni siquiera había avisado a su hermano de la desaparición de Milena y no pensaba hacerlo hasta que no pudiera contarle datos concretos. Tampoco había avisado al príncipe de Toran, con quien Milena debía casarse un mes después.

Lo último que él necesitaba era un escándalo de esa magnitud a una semana de celebrar una de las cumbres internacionales más importantes de la historia de Santara. Durante cuatro días, líderes de todo el mundo se reunirían en Santara para tratar temas diversos relacionados con el medio ambiente, con la salud mundial, y con el déficit bancario y comercial. Sería la cumbre más importante desde el renacimiento de Santara, y su equipo había trabajado sin parar para asegurarse de que se celebrara sin ningún problema.

—Cuéntame —ordenó Jag, al ver que su asistente había palidecido y se mostraba dubitativo.

—Me acaban de informar de que la hermana mayor de Chad James ha aterrizado en Santara hace una hora.

Jag frunció el ceño.

—¿La hermana a la que escribió un correo electrónico el día anterior a desaparecer?

—Eso creo. Le han enviado un informe sobre ella a su correo.

Jag se sentó frente al ordenador y tocó el ratón para activar la pantalla. Rápidamente, encontró el mail y abrió el archivo adjunto.

Nombre: Regan James
Edad: Veinticinco

Su altura, su peso, su número de la seguridad social… Todo estaba allí.

Tenía los ojos marrones, el cabello castaño y trabajaba como profesara en una escuela de renombre. Según el informe, vivía sola en Brooklyn y era voluntaria en una institución para niños huérfanos. No tenía mascotas ni antecedentes penales. Sus padres habían fallecido.

Un dato que Jag ya sabía por el informe que habían realizado sobre el hermano. Ella también tenía una web de fotografía. Jaeger miró la siguiente página. En ella aparecía la foto de Regan James. Era una foto de medio cuerpo y había sido tomada en una playa. Ella llevaba el cabello recogido en una coleta y tenía la mano levantada como para recolocarse los mechones que se ponían delante de su rostro ovalado, a causa de la brisa. Mostraba una amplia sonrisa y tenía una cámara colgada del cuello. Era la foto de una mujer bella que parecía incapaz de hacerle daño a una mosca. Y su cabello no era castaño. Al menos, no en la foto. Era más bien rojizo. Sus ojos tampoco eran marrones, eran… Eran… Jag frunció el ceño y decidió no pensar en ello. Eran marrones, tal y como decía el informe.

—¿Ella dónde está ahora?

—Ha reservado en el Santara International. Es todo lo que sabemos.

Jag miró la foto de la pantalla. El hermano de esa mujer se había llevado a su hermana a algún lugar, y él pensaba mover cielo y tierra para encontrarlos y hacer que Milena regresara a casa.

Solo esperaba que Chad James tuviera un buen ejército para defenderse cuando él le pusiera las manos encima.

—Seguidla —ordenó Jag—. Quiero saber dónde va, con quién habla, qué come y cada cuanto va al baño. Si se compra un paquete de chicles, quiero saberlo. ¿Queda claro?

—Como el cristal, Majestad.

Nada más entrar en el *shisha bar* Regan supo que debía darse la vuelta y marcharse. Había estado todo el día recorriendo la ciudad de Aran buscando información sobre Chad, pero lo único que había descubierto era que existía el calor, y el calor del desierto.

A pesar de ello, sabía que se habría enamorado de la antigua ciudad amurallada si hubiese ido por otro motivo que no fuera descubrir lo que le había sucedido a su hermano. Por desgracia, cuanto más lo buscaba en la ciudad, más aumentaba su preocupación por él. Y por eso no podía seguir su instinto y marcharse del pequeño bar que Chad solía frecuentar.

El local estaba decorado con mesas y sillas de madera que normalmente se llenaban con hombres jugando a las cartas o fumando narguiles. Y, a veces, ambas cosas. Sonaba música árabe y el ambiente estaba perfumado con cierto aroma afrutado. Ella se recolocó el pañuelo que se había puesto para cubrir su cabeza y hombros, en deferencia a los clientes locales, y se dirigió hacia la barra de madera junto a la que se encontraban varios taburetes rojos.

Lo cierto era que ese lugar era casi su último recurso. Durante todo el día se había encontrado con diversos obstáculos, o bien su propia sensación de incapacidad al intentar recorrer las enrevesadas calles de Aran, o la actitud fría y distante de la gente local que no tenía nada que ver con la apariencia cercana y amigable que se mostraba en la publicidad del país. Sobre todo, por la actitud del casero de Chad, que la había mirado con desdén antes de informarle que no pensaba abrir el apartamento de Chad sin su permiso. Regan acababa de salir de GlobalTech Industries, donde nadie había podido contestar a sus preguntas, y no estaba de humor para recibir otra negativa. Sin dudarlo, amenazó a aquel hombre con denunciarlo y cuando él le dijo que iba a llamar a la policía, le indicó que no se molestara, que iría ella a la comisaría.

Por desgracia, el agente de guardia le dijo que Chad no llevaba suficiente tiempo desaparecido como para abrir una investigación y que regresara al día siguiente. En Santara, todo funcionaba mucho más despacio de lo que ella estaba acostumbrada. Ella recordaba que esa era una de las cosas que a Chad le gustaba más del país, pero le resultaba difícil apreciarla porque estaba desesperada.

Agotada por el *jet lag* y la preocupación, Regan estuvo a punto de ponerse a llorar delante del agente. Entonces, recordó que Chad había mencionado el *shisha bar*, así que, se dio una ducha rápida y se dirigió hacia allí después de preguntarle cómo llegar a un empleado del hotel. Normalmente, cuando salía en Nueva York, iba con Penny. Y en ese momento deseaba que ella la hubiera acompañado porque no se sentía muy cómoda entrando sola en un bar desconocido. Se sentía como si todo el mundo estuviera mirándola, como llevaba sintiéndose todo el día.

Lo más seguro era que estaba exagerando a causa del temor que sentía por pensar que a su hermano pudiera haberle sucedido algo terrible. Una semana antes había recibido un correo electrónico advirtiéndole que no tratara de contactar con él durante unos días porque no estaría localizable.

Para ser un hombre que siempre llevaba consigo el teléfono y que, a menudo, bromeaba con que era su mejor amigo, aquel hecho era suficiente para que ella se pusiera alerta. Sin duda, una reacción a consecuencia de cuando tuvo que hacerse cargo de él cuando solo tenía catorce años. Aun así, habría conseguido no preocuparse si Penny, su amiga y compañera de trabajo. no le hubiera contado terribles historias acerca de lo viajeros y trabajadores extranjeros que desaparecían para siempre en países lejanos.

Durante dos días, Regan había intentado contactar con Chad, pero al no localizarlo, Penny la convenció para que fuera a buscarlo.

–Ve allí y asegúrate de que todo está bien –le había insistido Penny–. Hasta que no lo hagas no podrás cuidar bien de los niños de aquí. Además, desde que te conozco, nunca has tenido unas vacaciones decentes. Si todo va bien, tendrás una buena aventura, si todo va mal… –dejó la frase sin terminar–. Ten cuidado –añadió después, dejando a Regan un poco intranquila.

Mientras miraba alrededor del bar como si supiera muy bien lo que estaba haciendo, la figura de un hombre que estaba sentado en la esquina opuesta llamó su atención. Iba vestido todo de negro con un kufiyya en la cabeza, su espalda ancha parecía relajada y tenía las piernas extendidas bajo la mesa. Ella no estaba segura de por qué se había fijado en él, pero tampoco podía obviar la sensación de que era peligroso.

Se estremeció y trató de no ser paranoica. Aun así, buscó el bote de gas pimienta dentro del bolso, lo tocó y, con una amplia sonrisa, se dirigió a la barra. Detrás del mostrador había un hombre grande secando un vaso.

–¿Qué va a tomar? –le preguntó.

–No quiero nada –contestó Regan con educación–. Estoy buscando a un hombre.

El camarero arqueó las cejas y dijo:

–Hay muchos hombres por aquí.

–Oh, no –al darse cuenta de cómo sonaba aquello, Regan rebuscó en su bolsillo y sacó una foto de Chad–. Estoy buscando a este hombre.

El camarero miró la foto.

–No lo he visto nunca.

–¿Está seguro? –ella frunció el ceño–. Sé que viene por aquí. Él me lo ha dicho.

–Estoy seguro –dijo él. Era evidente que no le gustaba que lo cuestionaran. Agarró otro vaso y comenzó a secarlo con un trapo que parecía bastante sucio–. ¿Quiere un narguile? Hay de fresa, de mora y de melocotón —eso explicaba el aroma afrutado que ella había notado al entrar.

—No, no quiero un narguile —repuso ella. Lo que necesitaba era un poco de orientación. Alguien que pudiera ayudarla a recorrer las calles y a ampliar la búsqueda de Chad.

Había pensado alquilar un coche mientras estaba allí, pero en Santara se conducía por el lado contrario al que ella estaba acostumbrada y, además, Regan no tenía muy buen sentido de la orientación. Chad solía decirle que podía dar una vuelta en círculo y que no sabría reconocer dónde estaba el norte. Pensar en ello provocó que se le formara un nudo en la garganta. La idea de no volver a ver a su hermano nunca más era insoportable. Él había sido toda su vida desde que sus padres murieron.

—Como usted quiera —dijo el camarero, antes de marcharse para atender a un cliente vestido con la ropa local. La mayor parte de los clientes iban vestidos con ropa árabe. Todos, excepto el hombre de la esquina. Ella lo miró de reojo y descubrió que él continuaba mirándola. No se había movido.

Decidida a ignorarlo, ella enderezó la espalda y trató de no pensar en el cansancio. Había ido allí para encontrar a Chad y no iba a desistir por un camarero o un hombre vestido de negro. Sintiéndose mejor, agarró la foto de Chad con fuerza y comenzó a ir de mesa en mesa, preguntando si alguien lo conocía o lo había visto recientemente. Por supuesto, nadie sabía nada. ¿Qué esperaba?

Cada vez estaba más desanimada, y no fue hasta que se detuvo junto a una mesa grande llena de hombres, que jugaban al bacará, que se percató de que se habían callado al verla llegar.

Sonrió con nerviosismo y les preguntó si alguno conocía a Chad. Un par de ellos sonrió y la miró de arriba abajo. Regan sintió ganas de taparse, pero sabía que la ropa que llevaba era adecuada. Unos pantalones de algodón, una blusa blanca, y un pañuelo cubriéndole el cabello castaño.

Uno de los hombres se recostó en la silla e hizo un comentario en el idioma de Santara. Los otros hombres se rieron y Regan supo que, fuera lo que fuera, no era agradable. Quizá estaba en la otra parte del mundo, pero ciertas cosas eran universales.

–De acuerdo, gracias por su ayuda –dijo ella, y los miró fijamente antes de marcharse a otra mesa.

Por desgracia, era *su* mesa.

Regan miró la mesa y el narguile que había sobre ella. Después se fijó en el hombre que tenía los brazos cruzados sobre su abdomen y en su cuello bronceado y su mentón prominente. Regan se humedeció los labios con la punta de la lengua, y se fijó en su nariz aguileña y en la mirada penetrante de sus ojos azul zafiro. Y se quedó paralizada como si estuviera en el punto de mira de un depredador. De pronto, se percató de que nunca se había encontrado con un hombre de aspecto tan peligroso. El corazón le latía con fuerza, como si estuviera a punto de hundirse en unas arenas movedizas.

«¡Corre!», pensó, pero su cuerpo no obedeció. No solo era un hombre de aspecto peligroso, sino peligrosamente atractivo. Nada más pensarlo, una ola de calor la invadió por dentro.

Regan pestañeó y antes de que pudiera reaccionar, él se levantó y le bloqueó la posible escapatoria.

–Siéntese –forzó una sonrisa–. Si es que sabe lo que le conviene.

Su tono de voz era grave y poderoso, y provocó que ella obedeciera, aunque sabía que era una estupidez.

Desde tan cerca, comprobó que él era más imponente de lo que parecía. Y masculino. Parecía lo suficientemente fuerte como para agarrarla con una mano y llevarla donde se le antojara. Sobresaltada, Regan se dio cuenta de que quizá la idea no la aterrorizaba. De pronto, se estremeció.

Aquello era una locura.

Pensar así era una locura. No solía reaccionar de esa manera ante los hombres. Y menos ante aquellos que parecían que hubieran traspasado la ley sin consecuencias. En cualquier caso, ¿qué podía pasarle en un bar lleno de clientes? Clientes que seguían mirándola con curiosidad.

Empujada por el deseo de ocultarse de esas miradas curiosas, obedeció y se sentó, agarrando el bolso sobre su regazo a modo de escudo. Él miró el bolso como si hubiera comprendido su función y esbozó una pequeña sonrisa.

Al sentirse expuesta bajo su mirada, ella se contuvo para no levantarse y marcharse. Aunque tampoco tenía muchas alternativas. No sabía dónde ir cuando saliera de aquel bar, excepto a la habitación de hotel y, quizá, de regreso a Brooklyn. Derrotada. Eso no lo haría jamás.

–¿Le gusta lo que ve?

Su voz grave era como la caricia del terciopelo sobre la piel y ella se percató de que había estado mirando fijamente su boca. Asustada, se dio cuenta de que la extraña sensación que la invadía era algún tipo de atracción sexual que no recordaba haber experimentado antes.

Ruborizada por sus pensamientos, lo miró y dijo:

–Habla inglés.

–Evidentemente.

Su tono la hizo sentir más estúpida de lo que ya se sentía, así que, hizo una mueca.

–Quería decir que lo habla bien.

Él arqueó una ceja con condescendencia. Regan tenía la sensación de que no le caía bien, pero ¿cómo era posible si nunca lo había conocido antes?

–¿Qué está haciendo aquí, mujer estadounidense? –preguntó con desdén.

No, no le caía bien. Ni una pizca.

–¿Cómo sabe que soy estadounidense? ¿Usted lo es también?

Él puso una media sonrisa.

–¿Le parezco americano?

No, parecía un hombre capaz de hacer que una monja sintiera la tentación de romper sus votos. Y él lo sabía.

–No. Lo siento.

–¿Qué está haciendo aquí?

Ella respiró hondo. No estaba segura de si mostrarle la foto de Chad o no.

–Estoy… Estoy buscando a alguien.

–¿A alguien?

–A mi hermano –le mostró la foto y se aseguró de que sus dedos no se rozaran cuando él la agarró.

Él la miró a los ojos un segundo más de lo necesario, como si supiera lo que ella estaba pensando.

–¿Lo ha visto alguna vez?

–Puede. ¿Por qué lo está buscando?

Regan lo miró asombrada. De pronto sintió la esperanza de haber encontrado a alguien que quizá pudiera ayudarla.

–¿Lo ha visto? ¿Dónde? ¿Cuándo?

–Repito, ¿por qué lo está buscando?

–Porque no sé dónde está. ¿Usted lo sabe?

–¿Cuándo fue la última vez que supo algo de él?

Su tono era cortante. Autoritario. Y, de pronto, se sintió como si fuera él el que estaba buscando a Chad en lugar de ella.

–¿Por qué no contesta a mis preguntas? –preguntó ella.

–¿Por qué no contesta usted a las mías?

–Yo las he contestado –se movió inquieta en la silla–. ¿De qué conoce a mi hermano?

–No he dicho que lo conozca.

–Dijo… Dijo… –ella negó con la cabeza. ¿Qué había dicho exactamente? Se tocó la cabeza, que había empezado a dolerle–. Mire, si no lo conoce, dígamelo. He tenido un día muy largo y estoy muy cansada. Sé que a usted no le importa, pero si sabe dónde está, le agradecería que me lo dijera.

–No sé dónde está.

Había algo en su tono de voz que no le gustaba, pero no conseguía saber qué era.

–Está bien…

–¿Cuándo fue la última vez que supo algo de él? –preguntó por segunda vez.

Regan hizo una pausa antes de contestar. No conocía a ese hombre. Y él tampoco a ella. Entonces, ¿por qué le estaba haciendo tantas preguntas?

–¿Para qué quiere saber eso? Ya ha dicho que no sabe dónde está.

Él se encogió de hombros.

–Yo no. Eso no significa que no vaya a ayudarla.

Sus miradas se encontraron y Regan se sintió acorralada.

–¿Ayudarme?

–Por supuesto. Parece una mujer que está a punto de quedarse sin opciones.

¿Cómo lo sabía él? ¿Aparentaba estar tan desesperada como se sentía?

Él sonrió, pero no había nada de calidez en su sonrisa.

–¿Va a negarlo?

Regan frunció el ceño. Deseaba negarlo, pero no podía hacerlo. Y realmente necesitaba ayuda de una persona de allí que conociera la zona. Alguien que incluso a lo mejor conocía a Chad. Aunque ese hombre ya había admitido que él no lo conocía, y realmente, él la hacía sentir incómoda. Nada más verlo le había parecido peligroso, y el hecho de que le pareciera muy atractivo no había hecho que cambiara su opinión al respecto. Aunque él ni siquiera había hecho un gesto amenazante hacia ella.

–Gracias de todos modos, pero estoy bien.

–¿Bien? –él soltó una carcajada–. Es una mujer extranjera en un bar. Está sola, por la noche, y en una ciudad que no conoce. ¿Cómo dice que está bien?

Ella frunció los labios. No había pensado en otra cosa que no fuera en encontrar a Chad, pero realmente no podía ser tan vulnerable ¿no? Tenía su bote de gas pimienta.

–Soy de Nueva York. Sé lo que hago.

–¿De veras? ¿Y cuál es su plan? ¿Va a ir de bar en bar mostrando su foto a cualquier persona con la que se cruce? Eso está bien si además de buscar a su hermano lo que quiere es buscarse un problema.

–No estoy buscando problemas –contestó ella.

Él entornó los ojos y el negro de sus pestañas provocó que sus ojos parecieran de un azul más intenso. Era injusto que ella tuviera ojos marrones y pelo castaños cuando aquel hombre era una de las más bellas criaturas que había visto nunca.

–Mire hacia fuera. Ha estado en mi país menos de veinticuatro horas y no sabe nada acerca de él. Debería alegrarse de que le esté ofreciendo ayuda.

Regan entornó los ojos con suspicacia.

–¿Cómo sabe cuánto tiempo llevo en Santara?

–Si la hubiera dejado un poco más, habría aprendido a no entrar en un bar de esta parte de la ciudad sin un acompañante que pueda enfrentarse a cincuenta hombres.

Regan miró a su alrededor y vio que el local estaba más lleno que antes.

–Me gustaría que me devolviera la foto, por favor –dijo, y se levantó para marcharse.

–¿Dónde va?

–Ya le he robado bastante tiempo –dijo ella–. Y se está haciendo tarde.

–Así que ¿va a darse la vuelta y marcharse sin más?

–Eso es –dijo ella, tratando de mostrar valentía–. ¿Tiene algún problema con eso?

–No lo sé, ¿puede enfrentarse a cincuenta hombres?

Regan se estremeció al oír su tono de voz. Sus miradas se encontraron y la tensión sexual se interpuso entre ambos. Una vez más, él no se había movido, pero ella tenía la sensación de que era más amenazante que los cincuenta hombres de los que hablaba.

–Tendremos que comprobarlo, ¿no?

Una vez más, los clientes del bar la miraron con curiosidad y Regan metió la mano en el bolso para tocar el bote de gas, antes de darse la vuelta y dirigirse hacia la puerta del bar como si su vida dependiera de ello.

Al ver que había salido de allí sin incidentes, suspiró y gesticuló con la mano para llamar a un taxi. Sorprendentemente, el vehículo paró junto a la acera.

–¿Hola? ¿Está libre? –le preguntó al conductor.

–Sí, señorita.

–Menos mal –se sentó en el asiento trasero y le dijo el nombre del hotel al conductor. Cuando el coche arrancó, ella se dio cuenta de que el hombre vestido de negro no le había devuelto la foto de Chad.

Regan miró por la ventana trasera, medio esperando que él estuviera en la acera observándola marchar, pero, por supuesto, no estaba. Era una tontería. La foto no importaba. Al día siguiente la volvería a imprimir.

Capítulo 2

JAG PERMANECIÓ en la puerta de la habitación del hotel donde se alojaba Regan James y se cuestionó la validez de sus actos, tal y como había estado haciendo todo el camino.

Después de la conversación en el bar, era evidente que ella no sabía nada de su paradero, ni de que su hermana estaba con él. Sin embargo, se había mostrado cautelosa cuando él le preguntó cuándo había sido la última vez que su hermano había contactado con ella, y él no estaba seguro de si era porque tenía algo que ocultar o si era debido a su instinto de autoprotección.

En cualquier caso, ella era su única conexión con Chad James y tendría mucha información relevante sobre su hermano que podría ayudarlo a encontrar a su hermana.

Cuando se disponía a llamar a la puerta, un instinto depredador se apoderó de él. Regan James había sido una revelación en el bar. Él no se había equivocado cuando vio su foto por primera vez. Sus ojos no eran marrones, sino color canela, y su cabello era de un color rojizo dorado que recordaba a la arena del desierto durante la puesta de sol. Su voz también había sido una revelación: una mezcla de ternura y puro sexo.

Era evidente que otros hombres del bar habían pensado lo mismo, porque Jag se fijó en las miradas sensuales que se posaban en ella cuando se movía por el local. Sus movimientos elegantes llamaban la atención, y su sonrisa era deslumbrante. Incluso a él se le había acelerado la respiración nada más verla, y cuando se detuvo junto a su mesa y lo miró, él sintió ganas de agarrarla y sentarla sobre su regazo.

Hacía mucho tiempo que él no reaccionaba con tanto deseo hacia una mujer, y el único motivo por el que estaba allí era porque no había podido interrogarla en el bar.

De hecho, algunas personas habían empezado a reconocerlo a pesar de que se había afeitado la barba y el bigote. Jag se acarició el mentón y reconoció que le gustaba la sensación de la piel sin pelo. Al momento, la idea de acariciar con su mejilla el escote de Regan James apareció en su cabeza y provocó que se le acelerara la respiración.

Jag frunció el ceño. Hacía mucho tiempo que no le afectaban tanto las emociones. Milena siempre lo había acusado de tener hielo en las venas, de ser inhumano. No lo era. Era tan humano como cualquier hombre, y la reacción física que había tenido al ver a Regan James lo demostraba.

Lo cierto era que Jag había aprendido a controlar sus emociones a una edad temprana y no veía nada de malo en ello. Como líder, era fundamental que mantuviera la cabeza fría cuando todo el mundo la perdía. Él nunca había permitido que un rostro bonito o un cuerpo sexy interfiriera en su toma de decisiones, y nunca lo permitiría.

Enfadado por estar reflexionando acerca de las emociones y el sexo, levantó el puño para golpear la puerta.

Oyó que de pronto cesaba el ruido del agua y que una voz femenina decía:

—Un momento.

Jag respiró hondo. Estupendo. Ella acababa de salir de la ducha.

Se abrió la puerta y él se encontró mirando directamente a los ojos de Regan James. Al cabo de unos segundos, deslizó la mirada por su cuerpo.

—¡Usted!

—Yo —Jaeger contestó, tratando de disimular el hecho de que su cuerpo había reaccionado al verla con el albornoz y una toalla cubriéndole la cabeza. Entró en la habitación antes de que ella tuviera la oportunidad de reaccionar y cerrara la puerta de un golpe.

—Espere. No puede entrar aquí.

Jag no se molestó en contestar. Miró a su alrededor y buscó pistas acerca de dónde podía encontrarse su hermano.

—¿Me ha oído? —lo agarró del brazo como para girarlo y él se volvió frunciendo el ceño y muy sorprendido.

Nadie lo tocaba sin permiso. Nunca.

La miró fijamente mientras ella se cerraba con fuerza el albornoz. Ese gesto le confirmó que iba desnuda bajo la tela. Él deseó agarrar la prenda y retirársela del cuerpo antes de penetrarla una y otra vez, hasta olvidar el peso del deber. Hasta no poder recordar lo que era sentirse solo. No obstante, nadie podía escapar del destino y pasar una noche entre los brazos de aquella mujer no cambiaría nada. El deber y la soledad iban de la mano. Eso lo había aprendido a base de observar a su padre.

—La he oído.

—Entonces, ¿qué está haciendo aquí?

Antes de dejarla sobre la mesa, Jag miró la foto del hermano de Regan.

—Se dejó esto en el café.

Regan miró la foto.

—Bueno… gracias por devolvérmela, pero podía habérmela dejado en la recepción.

Ignorándola, Jag levantó la tapa de la maleta de Regan y miró su contenido.

–¿Este es todo el equipaje que tiene?

Ella lo miró, cruzó la habitación y cerró la maleta de golpe.

–Eso no es asunto suyo.

Jag decidió que ya había pasado bastante tiempo consintiendo a aquella mujer, así que, le dedicó una mirada fulminante.

–Le he hecho una pregunta.

–Y yo le he pedido que se vaya –contestó ella.

Jag la miró un instante.

–No voy a marcharme –advirtió–. No antes de que me diga todo lo que sabe acerca de su hermano.

–Usted conoce a mi hermano, ¿verdad? –dio un paso atrás–. ¿También sabe dónde está? ¿Me ha mentido?

–El que hace preguntas soy yo. Usted las responde –comentó con frialdad.

Ella negó con la cabeza.

–¿Quién es usted?

–Eso no tiene importancia.

–¿Tiene usted a mi hermano? –preguntó con tono de preocupación–. Sí, ¿verdad?

–Si yo tuviera a su hermano, ¿por qué iba a estar aquí?

–No lo sé. No sé lo que quiere, ni por qué está aquí.

Ella tragó saliva y Jag notó cierta tensión en el pecho al ver que ella estaba temerosa. La necesidad de tranquilizarla lo pilló por sorpresa.

Consciente de que todo aquello resultaría más fácil si ella estuviera relajada, intentó emplear un tono conciliador.

–No tenga miedo, señorita James. Solo quiero hacerle unas preguntas.

Al oírle pronunciar su nombre, una extraña sensación recorrió su cuerpo. Él se fijó en que ella miraba de reojo, buscando una vía de escape. Antes de que pudiera pensar en cómo tranquilizarla, ella corrió hacia el teléfono del hotel.

Si él hubiera querido llamar al equipo de seguridad, lo habría hecho. No le quedaba más remedio que detenerla, así que la rodeó por la espalda y la levantó del suelo.

Ella se resistió clavándole las uñas en el antebrazo.

–Quédese quieta –se quejó Jag, cuando ella le dio una patada en la espinilla–. Maldita sea, no soy… –Jag soltó una palabrota cuando notó que ella le daba un codazo muy cerca de la entrepierna.

Decidido a poner fin a aquella situación, la giró y le sujetó las manos detrás de la espalda, provocando que sus cuerpos entraran en contacto por completo. Durante el forcejeo, a Regan se le había abierto el albornoz que llevaba y la nueva postura provocó que sus senos quedaran apretados contra el torso de Jag. Al notarlo, Jag reaccionó como un niño de quince años en lugar de como un hombre de treinta que además era rey.

Ella respiraba de forma entrecortada y su cabello húmedo rodeaba su rostro sonrojado. Jag se quedó sin respiración. Así, con las mejillas coloradas, los labios entreabiertos, y la respiración entrecortada, Regan estaba absolutamente magnífica.

–Voy a dejarla en el suelo –dijo él–. Si sale corriendo otra vez, o busca el arma que lleva en el bolso, la retendré. Si se queda quieta, todo será mucho más fácil.

Para él, al menos.

Su mirada fulminante le indicó que no lo creía, pero, al menos, ella dejó de resistirse.

Él negó con la cabeza y la soltó. Si volvía a correr, la detendría de nuevo. Aunque prefería no tener que hacerlo.

–¿Dónde está su teléfono?

Quería comprobar si había recibido llamadas durante el día y continuar investigando a partir de ahí. Al ver que no contestaba, la miró. Y por su expresión, supo que no iba a responderle.

–Señorita James, no me haga enfadar haciendo que esto sea más difícil todavía.

–¡Enfadarlo! ¡Qué gracia! Me sigue hasta el hotel, irrumpe en mi habitación y me ataca. ¿Y resulta que es usted el que está enfadado?

–Yo no la he atacado –dijo Jag–. La he retenido, y volveré a hacerlo si sale corriendo otra vez. Se lo advierto.

Ella se cruzó de brazos y se estremeció.

–¿Qué es lo que quiere?

–A usted no –contestó él–, así que, puede quedarse tranquila.

Ella lo miró como si no lo creyera. Después de cómo la había tratado, él comprendía que así fuera. Aún así, era cierto. Él prefería a las mujeres sofisticadas, complacientes y dispuestas. Ella no era nada de esas tres cosas. Entonces, ¿por qué lo afectaba de esa manera?

–Siéntese para que podamos hablar de lo que quiero. Necesito información acerca de su hermano.

Al ver que ella permanecía de pie, Jag suspiró y se sentó.

–Hace una semana su hermano le escribió. ¿Ha hablado con él desde entonces?

–¿Cómo sabe que me escribió?

–Yo hago las preguntas, señorita James –le recordó él con mucha paciencia–. Usted, las contesta.

–No voy a decirle nada.

–He de advertirle que será mejor que lo piense otra vez –comentó él con frialdad. Quizá ella no lo supiera, pero él estaba dispuesto a hacer cualquier cosa por encontrar a su hermana, y el hecho de que el hermano de aquella mujer estuviera con ella lo irritaba. Ella lo miró como si deseara darle un mordisco y él notó que el deseo lo invadía por dentro.

–No, no he vuelto a saber nada de él.

–¿Qué la ha hecho venir a Santara?

–Él vive aquí. Y al ver que no contestaba el teléfono me preocupé.

–El vivía aquí –no viviría allí mucho más tiempo.

–Si se hubiera mudado me habría avisado.

Ella negó con la cabeza.

–Veo que están bastante unidos.

–Muy unidos.

La convicción con la que hablaba provocó que él sintiera una presión en el pecho. Hubo un tiempo en el que él también había estado muy unido a sus hermanos. Después, su padre falleció en un accidente de avioneta y eso lo convirtió en rey. A partir de ahí, habían dejado de estar unidos. No había espacio para ello.

–¿Qué sabe acerca de lo que ha estado haciendo su hermano últimamente?

–Nada.

–¿De veras?

–No sé nada –dijo ella, cambiando el peso de un lado a otro y tratando de contenerse para no enfrentarse a él.

Jag se habría sorprendido si no hubiese encontrado su osadía como algo muy atractivo. Y excitante.

–Quiero decir, sé que disfrutaba de su trabajo, que le gustaba ir al campo los fines de semana, que se acababa de comprar un horno que le encantaba, y que tenía una secretaria nueva.

–¿Una secretaria nueva?

–Sí. Mire, no voy a contestar más preguntas hasta que no conteste las mías. Al colocar las manos sobre las caderas, se le abrió el escote del albornoz–. ¿Por qué está tan interesado en mi hermano?

Tratando de no mirarle el escote, Jag intentó también controlar su libido.

–Él tiene algo que es mío –apretó los dientes y se preguntó cómo se encontraría Milena. Si estaba bien, o si lo necesitaba.

–¿Él le ha robado?

La sorpresa que transmitía su tono de voz provocó que él hiciera una mueca.

–Podría decir que sí.

Regan notó que él se ponía tenso al contestar. Una vez más, le recordó a un león dispuesto a atacar. Era evidente que lo que su hermano se había llevado era importante para él. Y eso explicaba su interés en Chad. No obstante, aunque Chad había pasado una mala época tras la muerte de sus padres, no era una mala persona. Era inteligente, mucho más que ella, y por ella siempre había tratado de asegurarse de que él terminara con muy buena nota los estudios en Inteligencia Artificial de la universidad. Un logro que lo había llevado hasta ese bello e indómito país.

Un lugar muy parecido al extraño que ella tenía delante y que la dejaba sin respiración cada vez que posaba sobre ella la mirada de sus ojos azules. Era posible que eso fuera lo que más odiaba ella, la manera en la que su cuerpo reaccionaba con solo una de sus miradas.

Él la estaba observando y ella tuvo que esforzarse para ignorar las sensaciones que experimentaba. Si él no la hubiera tocado, agarrado y estrechado contra su cuerpo, habría sido más sencillo.

Regan notó que los pezones se le endurecían al recordar cómo la había rozado con el brazo. Él era como una roca y ella estaba a solas con él en una habitación de hotel.

–No ha sido Chad –comentó ella con furia.

–Sí ha sido él.

–Mi hermano no es un ladrón –dijo ella con convicción–. Usted está equivocado.

–En mi trabajo no puedo permitirme el lujo de cometer errores. Por cierto, tengo que volver a ello. ¿Dónde está su teléfono?

–¿Para qué quiere mi teléfono?

Él entornó los ojos de manera que las pestañas oscuras ocultaron casi por completo su color azul.

–Ya me he entretenido bastante, señorita James. ¿Dónde está?

Él se levantó del sofá y ella dio un paso atrás.

–Primero dígame quién es usted. Me debe una respuesta al menos, por haberme asustado.

–No le debo nada –la miró de arriba abajo–. Soy el rey de Santara, Jeque Jaeger Salim al-Hadrid.

–¿El rey? –Regan se cubrió la boca con la mano y contuvo una risita. Por la ropa que llevaba, parecía más un mercenario que un rey. ¿Lo habían contratado para matar a Chad? ¿Pensaba que ella lo llevaría hasta su hermano?–. Lo dudo. ¿Quién es usted en realidad?

Al instante se dio cuenta de que se había equivocado al reírse de aquel hombre. Él la fulminó con la mirada, dio un paso hacia ella y dijo con frialdad:

–Soy el rey.

–Está bien, está bien –Regan estiró la mano para detenerlo–. Lo creo –estaba mintiendo, pero él no tenía por qué saberlo. Ella necesitaba que se marchara cuanto antes.

Trató de no pensar en la simetría perfecta de su rostro y de concentrarse en sobrevivir. Era evidente que era un loco, o un asesino en potencia, y ella estaba a solas con él en la habitación.

El miedo se apoderó de ella. Trató de recordar que todo el mundo consideraba que ella tenía un don para la comunicación, pero aquel no era un niño de siete años que tenía un teléfono móvil escondido bajo el escritorio.

–¿Cree que estoy mintiendo? –dijo él.

–No, no –Regan trató de tranquilizarlo, pero él soltó una carcajada.

–Increíble.

Él negó con la cabeza y Regan valoró rápidamente la distancia que había hasta la puerta.

–Demasiado lejos –murmuró él, como si le hubiera leído la mente. Probablemente no le había resultado muy difícil, puesto que ella estaba mirando la puerta como si deseara que se abriera sola.

–Mira…

Él se acercó a ella tan deprisa que Regan no pudo continuar la frase.

–No más preguntas. No más juegos. Deme su teléfono o lo revolveré todo hasta encontrarlo.

–En el baño.

Él entornó los ojos.

–Iba a ducharme cuando apareció –dijo ella–. Me gusta poner música mientras me ducho.

–Búsquelo.

Regan estuvo a punto de decirle que se lo pidiera por favor, pero decidió que lo mejor que podía hacer era estarse callada. Cuánto antes encontrara lo que estaba buscando, antes se marcharía.

Se dirigió al baño y se detuvo al ver que él la estaba siguiendo. Lo miró a través del espejo y sus miradas se encontraron unos instantes. Ella no pudo evitar que una ola de excitación la invadiera por dentro. Avergonzada, bajó la vista y agarró el teléfono. Se lo entregó y se cruzó de brazos a modo de protección.

–¿Contraseña?

Ella notó el calor que desprendía su cuerpo y deseó que él se retirara hacia atrás.

–Trudyjack –dijo ella.

–¿Los nombres de sus padres? –la miró sorprendido–. Podía haber usado ABC.

Regan lo miró asombrada. ¿Cómo sabía él que eran los nombres de sus padres? ¿Cómo sabía tanto acerca de ella?

–¿Quién es? –susurró ella, asustada.

–Ya se lo he dicho. Soy el rey de Santara. Averigüé todo acerca de usted poco después de que aterrizara en mi país.

Regan tragó saliva y se apoyó en el lavabo. ¿De veras podía ser quien decía que era? No parecía posible, sin embargo, tenía un aura de poder y autoridad inconfundible. Aunque ella suponía que los asesinos también.

Lo observó mientras él miraba la lista de contactos y correos electrónicos.

–El teléfono de Chad está apagado –dijo ella, incapaz de mantener el voto de silencio que había hecho momentos atrás. No podía evitarlo. Nunca se le había dado bien guardar silencio–. Lo sé porque intento hablar con él todos los días.

–No lleva su teléfono con él.

–Entonces, ¿qué está buscando en mi teléfono?

–Un número prepago. Un correo de remitente desconocido.

–¿Cómo sabe que no lleva el teléfono con él?

Ignorando su pregunta, él continuó:

–¿Tiene otro teléfono?

Regan frunció el ceño. ¿Por qué Chad no se había llevado el teléfono? Era como parte de su persona.

–No, pero si lo tuviera no se lo diría.

Él la miró fijamente y ella notó un fuerte calor en el vientre.

–Le gusta provocarme, ¿no es cierto, señorita James?

Regan notó que se le saltaba el corazón. No, a ella no le gustaba provocarlo. Para nada.

Él la miró y se guardó el teléfono en el bolsillo. Ella deseaba decirle que no podía quedárselo, pero a esas alturas lo único que quería era que se marchara.

–¿Satisfecho? –preguntó Regan.

–No tanto –la miró de arriba abajo y ella recordó que estaba desnuda bajo el albornoz.

La habitación parecía mucho más pequeña y el ambiente se volvió mucho más tenso, haciendo que a ella le resultara imposible respirar. Aquel hombre afectaba directamente a su sistema. De eso no quedaba duda.

–¿Por qué ha decidido meterse en un avión y venir hasta aquí después de su correo?

–Yo… –Regan tragó saliva–. Estaba preocupada. No es normal que Chad no esté localizable.

–¿Así que ha venido hasta aquí pensando que podía tener algún problema? ¿Siempre le da prioridad a su hermano o es que le gusta sentirse indispensable?

Sus palabras dañaron una pizca el orgullo de Regan, porque había algo de verdad en ellas. Convertirse en la tutora de Chad y meterse de lleno en el papel la había ayudado a llenar un vacío en su vida y a superar el duelo por la pérdida de sus padres.

–No me conoce –dijo, sonrojada.

–Ni quiero. Vístase –le ordenó antes de salir de la habitación.

Regan respiró hondo para intentar calmarse. Se acercó a la puerta y vio que él estaba revisando las fotos de su cámara. Al instante, le entró el pánico.

–Eh, no toque eso. Es vieja y no podré comprarme otra.

Se acercó para recuperar la cámara, pero él la sujetó en alto.

–No voy a romperla –soltó–. No a menos que siga intentando quitármela.

Regan colocó las manos sobre las caderas.

–No me importa quién sea, no tiene derecho a revisar mis cosas.

Él la miró con desprecio, indicándole que tenía todo el derecho del mundo y que, si no, daba igual, porque no había nada que ella pudiera hacer.

–Voy a hacer todo lo posible para recuperar a mi hermana, señorita James. Será mejor que vaya acostumbrándose.

¿Su hermana?

Regan frunció el ceño.

–¿Qué tiene que ver su hermana con todo esto?

Él la miró. El azul de sus ojos era tan claro y frío que parecía que ella estuviera contemplando un glaciar.

–Su hermano tiene a mi hermana. Y ahora yo tengo a la suya.

–Eso es una locura.

–Por una vez estamos de acuerdo en algo.

–No, quiero decir, usted está loco. Mi hermano no está con su hermana. Me lo habría dicho.

–¿De veras?

–¿Mantienen una relación o algo? –siempre habían compartido todo en el pasado, y si se lo había ocultado…

–Será mejor que no. Ahora, muévase. Mi paciencia se está agotando. Necesito regresar al palacio.

¿Un momento? ¿De verdad era el rey de Santara?

–Yo… Yo no voy a ir a ningún sitio con usted.

–Si insiste en ir como va, no la detendré, pero le aseguro que recibirá más miradas que antes, cuando iba en pantalones vaqueros ajustados y una blusa.

–Mi ropa era perfectamente adecuada, gracias.

–Tiene cinco minutos.

–No voy a ir con usted.

–Es su elección, por supuesto, pero la alternativa es que se quede en esta habitación hasta que regrese su hermano.

Regan frunció el ceño.

–¿Aquí encerrada?

–No puedo permitir que la desaparición de mi hermana se haga pública. Si usted va por ahí sola y haciendo preguntas, solo conseguirá llamar la atención y meterse en líos.

–No diré nada, ¡lo prometo!

Regan sabía que sonaba desesperada, y lo estaba. La idea de estar encerrada en una habitación de hotel durante un tiempo incierto no era aceptable. Si lo que decía aquel hombre era cierto, ella quería tener libertad para poder encontrar a Chad y descubrir qué estaba pasando. Preferiblemente antes de que ese hombre lo encontrara.

Él negó con la cabeza.

–Tome una decisión. No tengo toda la noche.

–¡No pienso quedarme aquí!

–Entonces, vístase.

Regan sentía que la cabeza le daba vueltas. Además de por la falta de sueño, la situación avanzaba demasiado deprisa.

–Necesito más tiempo para pensar sobre esto.

–Le he dado cinco minutos. Le quedan cuatro.

–Creo que nunca había conocido a un hombre más arrogante que usted. De hecho, sé que no.

Él se cruzó de brazos y la miró.

–Desconectarán su teléfono y habrá guardas en la puerta de su habitación. Le aconsejo que no intente salir.

–¿Y cómo sé que usted es quien dice que es? –dijo ella–. Podría ser un impostor. Un asesino. Estaría loca si me fuera con usted.

–No soy un asesino.

–¡Eso no lo sé!

–Vístase y se lo demostraré.

–¿Cómo?

Él suspiró.

–Puede preguntarle a cualquier empleado del hotel. Ellos sabrán quién soy.

Por primera vez desde que él había entrado en la habitación, Regan vio una posible salida. Si él la llevaba al piso de abajo, podría alertar a alguien de lo que estaba pasando.

–Está bien, solo… –agarró un par de pantalones limpios y una camiseta de manga larga–. Deme un minuto.

Se dirigió al baño y cuando salió lo encontró mirando el reloj.

–Un minuto antes. Estoy impresionado.

«Cretino arrogante», pensó ella.

Regan agarró el bolso y salió delante de él. Esperó a que él llamara al ascensor.

–Si de veras es un rey, ¿dónde están sus guardas?

–No suelo llevarlos conmigo para asuntos extraoficiales. Puedo ocuparme de mí mismo.

–¿Y como es que nadie en el *shisha bar* conocía su identidad? Si de veras es el rey, imagino que le habrían hecho reverencias.

Él sonrió.

–He notado que la gente apenas se da cuenta de lo que no está esperando.

Regan arqueó una ceja. No podía discutírselo. A ella le había parecido un hombre peligroso, pero no se había imaginado que aparecería en su puerta acusando a su hermano. Tampoco esperaba que él fuera a decirle que era el rey. Aunque todavía no hubiese confirmado si era verdad o no.

–¿Qué tal el dolor de cabeza? –preguntó él–. No se moleste en negarlo. Está tan pálida que parece que vaya a desmayarse.

–Mi cabeza está bien –no pensaba admitir que tenía razón. No estaba segura de lo que él podía hacer con esa información.

Cuando llegaron a la planta baja, Regan se puso más nerviosa y miró a su alrededor. Al ver que el recibidor estaba casi vacío, se decepcionó. Antes de que pudiera avanzar hacia ningún sitio, él la agarró del brazo y la llevó hasta la recepción.

La sonrisa del joven que los atendió mostraba nerviosismo.

–Ah, Alteza, es un honor para nosotros –el hombre hizo una reverencia hacia el escritorio.

Después él dijo algo en el idioma de Santara y su compañera le contestó. El hombre se quedó con los ojos bien abiertos.

–Pero… –comentó con cara de pánico–. Señorita James, este señor es Su Alteza el rey de Santara.

–¿Y cómo sé yo que esto no estaba preparado? –dijo ella con desdén–. La opinión de un hombre no dice mucho –Regan se volvió hacia el conserje y dijo–: De hecho, quería informar de que…

No pudo decir nada más porque el extraño que estaba a su lado masculló algo y la guio hasta una sala donde una pianista tocaba un tema melancólico. A través de una cristalera, Regan vio una sala llena de gente.

Se detuvieron justo a la entrada y permanecieron de pie hasta que la habitación quedó en silencio y la gente se volvió para mirarlos. Al verlos, la mitad de los presentes se levantaron e hicieron una reverencia ante el hombre que todavía la agarraba del brazo.

Regan negó con la cabeza, como si se resistiera a creer que realmente era el rey de Santara. Si realmente lo era, entonces, era posible que su hermano estuviera con su hermana, la princesa Mena, su nueva investigadora adjunta.

Claramente preocupado por si ella hacía alguna tontería, el rey la rodeó por la cintura y al estrechó contra su cuerpo. Regan colocó la mano sobre su torso para evitar que sus cuerpos se tocaran demasiado. Podía sentir el latido del corazón de Jag y solo podía centrarse en el azul de sus ojos bajo la luz tenue. El tiempo pareció detenerse mientras él la miraba con tanto ardor que provocó que Regan apenas pudiera pensar. Daba igual quién fuera ella o quién fuera él. Lo único que importaba era que él la besara para calmar el dolor que estaba forjándose en su interior.

Él se aclaró la garganta y posó la mirada sobre los labios de Regan. Durante un instante, ella pensó que la iba a besar.

Entonces, él la miró fijamente y la sujetó con más fuerza.

—¿Satisfecha? —murmuró él.

Regan negó con la cabeza y sintió que se tambaleaba a pesar de que él la tenía agarrada. Oyó la palabra *no* en la lejanía, como si avanzara por un túnel oscuro, e hizo algo que no había hecho jamás. Desmayarse.

Capítulo 3

DOS NOCHES más tarde, Jag estaba sentado junto a su escritorio dándole vueltas al mensaje que había recibido de Milena.

–«Hola Jag, sé que estás preocupado… Es tu estilo… Siento no poder decirte dónde estoy, o qué estoy haciendo, pero quiero que sepas que estoy con un amigo y que estoy bien. Te lo explicaré todo cuando regrese. Te quiero» –había dicho su hermana.

–¿Alguna idea acerca de dónde se ha originado la llamada? –le preguntó a Tarik.

–Por desgracia, no. Parece que se ha hecho desde un teléfono prepago y que se ha transmitido mediante varios operadores. Sea quien sea el que ha planeado la transmisión, es bueno en ello.

Jag estaba seguro de que había sido Chad. En primer lugar, lo había contratado porque era un genio con la tecnología. La rabia se apoderó de él, y remplazó la impotencia que sentía desde que su hermana se había marchado.

Se volvió para mirar por la ventana. Por un lado, se alegraba de que su hermana estuviera a salvo, pero en realidad, también podían haberla forzado a llamar. Aunque no parecía forzada. Parecía llena de energía. Casi pletórica. En un estado en el que hacía tiempo que no la veía. Un estado que él agradecería si el recuerdo de lo que había sucedido tres años antes no permaneciera en su memoria.

Además, suponía que, si nadie la había obligado a salir de Santara, ella se habría marchado con Chad James por propia voluntad y eso provocaba que Jag se hiciera mil preguntas que no quería ni considerar. Preguntas como: ¿qué estaban haciendo juntos que Milena no le quería contar? ¿O si quizá ella estaba pensando anular su matrimonio con el Príncipe de la Corona de Toran? Si no era feliz, ¿por qué no había acudido a él como solía hacer cuando era pequeña?

Jag se frotó la frente. Por supuesto, la habían presionado. No había otra posibilidad. Igual que él había presionado a Regan James para ir a palacio. Él recordó el momento en que ella se desmayó al averiguar que él era el rey, el peso de su cuerpo sobre sus brazos. En otras ocasiones había visto diferentes reacciones por parte de las mujeres al enterarse de que él era un rey, pero nunca había visto a ninguna desmayarse ante él. Y había sido bueno, porque momentos antes había estado a punto de ceder ante el deseo contra el que había estado luchando toda la noche… Besarla. ¡En público! No sabía qué era lo que más le molestaba, el hecho de que hubiera flaqueado su autocontrol, o haber dejado asombrados a todos los que lo miraban.

Sorprendido, la había tomado en brazos y la había llevado hasta el vehículo que lo estaba esperando. Ella despertó en el coche y exigió que la llevara de nuevo al hotel, pero Jag le recordó que ella había elegido marcharse con él.

Consciente de que no se había portado bien con aquella mujer, trató de no pensar en ella, ni en Milena, y agarró los informes que debía firmar.

—Estos pueden enviarse a Helen para que haga las correcciones, estos pueden enviarse al departamento de Finanzas, y este todavía tengo que leerlo. Dígale a Ryan que se lo enviaré más tarde.

—Muy bien.

Jag se frotó la nuca.

—Por una vez espero que esto sea todo —sonrió a Tarik y vio que él sonreía dubitativo—. ¿Qué ocurre? Y por favor, dígame que no tiene nada que ver con la chica norteamericana.

Aunque él había intentado mantener en secreto su presencia en el palacio, ella había tratado de impedírselo. Había golpeado la puerta de su habitación, exigiendo que le devolviera el teléfono y el ordenador, que la soltara y que él fuera a verla. Jag no hizo nada de eso. Llevaba su voz y el recuerdo de su aroma grabado en su memoria. No podía imaginar que verla pudiera ayudarlo en algo.

—Por desgracia, sí. Ella se niega a comer —dijo Tarik.

—¿Se niega a comer? —Jaeger sintió un nudo en el estómago—. ¿Desde cuándo?

—Desde anoche, señor. No se tomó la cena y hoy ha rechazado toda la comida.

Jag se puso en pie.

—¿A qué hora van a servirle la cena?

—Ya se la han servido. La ha rechazado.

—Sírvanme mi cena en su habitación. Dentro de media hora.

Se disponía a marcharse cuando vio que Tarik se mostraba dubitativo otra vez.

—Por favor, dígame que ha dejado lo mejor para el final —dijo Jag.

Tarik puso una mueca.

—No exactamente, Alteza, pero lo tengo a mano —le entregó una copia de una noticia que había salido en una página web. En ella había dos fotos en las que él salía con Regan. Seguramente las había sacado uno de los empleados del hotel, y en ellas se reflejaba el momento exacto en que Regan había descubierto que era el rey. Ella tenía los ojos bien abiertos, los labios separados y la melena suelta sobre su espalda como si fuera una cascada. La otra era de justo cuando estaba a punto de desmayarse. Jag tenía una mano colocada sobre su nuca, la otra alrededor de su cintura. Sus bocas estaban a punto de rozarse. ¿Aquellos labios rosados serían tan puros y dulces como parecían? ¿La piel de su vientre sería tan suave como la de su nuca? ¿Sería…?

Tarik se aclaró la garganta. Jag respiró hondo, consciente de que sus pantalones le quedaban más apretados que antes. ¿Qué diablos le estaba pasando?

–Afortunadamente las han retirado antes de que causaran algún daño –informó Tarik–. Y el nombre de la mujer no ha salido a la luz. Aún así, pensé que debía estar informado.

–Por supuesto que he de estar informado –miró las imágenes de nuevo y una idea surgió en su cabeza. Si iba a retener a Regan James hasta que su hermano regresara, se ocuparía de que ella le resultara de utilidad.

–Publique las fotos otra vez.

–¿Alteza?

–Asegúrese de que aparece el nombre de ella y de que la prensa internacional escoge las imágenes. Si la foto en la que ella sale entre mis brazos no saca a su hermano de su escondite, no sé qué más se podría hacer.

Tarik lo miró como si quisiera protestar, pero Jag no estaba de humor para escuchar. Él deseaba una comida caliente, una ducha de agua fría y una noche de sueños tranquilos. Lo último, no lo había conseguido desde que conoció a la mujer norteamericana, y parecía que ella también iba a impedir que consiguiera las otras dos cosas.

Regan oyó el sonido de sus tripas en el silencio de la habitación y se presionó el vientre con la mano.

–Solo llevo un día –le dijo a su estómago en voz alta–. La gente aguanta mucho más tiempo sin comer, así que deja de quejarte

No estaba segura de cuántos días podía sobrevivir una persona sin comer, pero había visto películas de supervivencia y sabía que más de uno.

Se sentía hambrienta y sabía que la comida la ayudaría a mantener las fuerzas. Además, era consciente de que al gobernador de Santara no le preocuparía que dejara de comer.

Sin embargo, no solo era la falta de comida lo que le molestaba. Era el aburrimiento y la preocupación. Había ido a Santara para asegurarse de que Chad estaba bien. No solo no lo había conseguido, sino que además no podía hacer nada. Nunca había tenido tanto tiempo entre las manos y se estaba volviendo loca. El primer día se había dedicado a tomar fotos del impresionante jardín que tenía la suite donde estaba encerrada. Las ventanas con arcos moriscos, el azul y el verde bizantino que se empleaban para dar color a la habitación, las puertas de teca…

Después, estaba el jardín con las palmeras y la piscina de agua azul. El lugar era impresionante y ella estaba deseosa de descargar las imágenes en el ordenador y jugar con la luz y la composición. Y dudaba de si querría marcharse de aquel lugar si estuviera allí por otras circunstancias.

Y, sobre todo, estaba deseando volver a ver al rey. No solo por que quisiera verlo a él, sino para averiguar si tenía noticias de Chad. Al tomar la decisión de salir de la habitación del hotel, no se había percatado de que acabaría encerrada en otro lugar. Quizá, si no hubiera estado tan cansada y él le hubiera dado más tiempo para considerar sus opciones, ella habría tomado otra elección. ¡Y desde luego no habría pensado en cómo sería besarlo!

Regan suspiró al recordar el momento en que él la sujetó dentro de la habitación del hotel, su mirada clavada en su escote, sus cuerpos tan pegados que a ella la pareció sentir su...

«No pienses en eso», se advirtió. Ya era bastante malo que en sus sueños apareciera esa escena una y otra vez. Quizá el hombre fuera muy atractivo, pero la estaba reteniendo contra su voluntad y acusaba a su hermano de un terrible delito.

Un delito que él no había cometido. De eso, Regan estaba segura. Si al menos el rey le diera oportunidad de explicárselo. Ella le contaría que su hermano era un hombre bueno. El tipo de hombre que salvaría a los polluelos que se habían caído en el jardín, en lugar de pisotearlos.

Cuando su hermano terminó la universidad y abrió GeoTech Industries, ella pensó que ya no tendría que volver a preocuparse por él.

Ella tenía dieciocho años cuando sus padres murieron y le tocó desempeñar el papel de madre. Y creía que lo había hecho bien. Aunque si Chad se había escapado con la hermana del rey... Regan se frotó los brazos. Sentía frío a pesar del calor húmedo de la noche. No podía tomarse en serio las acusaciones del rey. Chad nunca habría hecho algo así. Ella lo sabía. ¡Lo conocía!

Al sentir una presencia detrás de ella, Regan se volvió y se encontró con el hombre que la tenía cautiva. Al instante, su corazón empezó a latir con fuerza. Él estaba magnífico. Vestía una chilaba blanca que resaltaba su piel aceitunada y sus ojos azules. Esa noche no llevaba kufiyya y su cabello negro estaba un poco alborotado. La luz de las lámparas de araña, reflejaban una sombra interesante sobre su rostro, provocando que pareciera incluso más atractivo de lo que ella recordaba.

–Señorita James.

Al oír su nombre, ella se estremeció y trató de disimular su reacción dando un paso adelante.

–Así que por fin ha decidido aparecer –comentó ella–. ¡Qué amable!

Él le dedicó una pequeña sonrisa.

–Tengo entendido que no está comiendo.

Regan experimentó cierta satisfacción. Su negativa a comer había funcionado.

–Sí. Y no comeré hasta que no me libere.

Él se encogió de hombros.

–Es su elección. No se va a morir.

–¿Cómo lo sabe?

–Hacen falta tres semanas para que una persona muera de hambre. Todavía no corre peligro.

Regan frunció el ceño al ver que él daba dos palmadas y, al instante, aparecían dos sirvientes empujando un carrito de comida. Una por una, colocaron las bandejas sobre la mesa que había junto a la ventana.

–¿Necesita algo más, Alteza?

–No, de momento.

Regan lo miró mientras los sirvientes hacían una reverencia y salían de la habitación.

–No espere que eso de las palmadas funcione conmigo –le advirtió–. No soy una de sus sirvientes.

Él deslizó la mirada sobre su cuerpo y ella deseó haber llevado más ropa que unos pantalones cortos y una camiseta. Si hubiese pensado que él podía aparecer allí, habría agarrado una cortina para envolverse en ella. Cualquier cosa con tal de no sentirse tan expuesta.

–No, para eso tendría que ser mucho más optimista.

Jag se acercó a la mesa y se sentó en una silla antes de mirar las diferentes bandejas que habían servido en ella.

–Da igual lo que usted diga –avisó ella–. No voy a comer.

Él la miró y comentó:

—Lo crea o no, señorita James, no deseo que tenga una mala experiencia durante su estancia en palacio. Incluso esperaba en que pudiéramos ser... Amigos.

—¿Amigos?

Él se encogió de hombros.

—Conocidos.

—¿Y dice que no es optimista? —soltó ella—. Lo único que quiero de usted es que me deje marchar.

—Eso no puedo hacerlo. Ya le he dicho que haré todo lo necesario para que mi hermana regrese a casa sana y salva.

—Igual que yo haré todo lo necesario para que mi hermano regrese a casa sano y salvo.

Él ladeó la cabeza y esbozó una sonrisa.

—En esto nos comprendemos.

—Lo que yo comprendo es que usted es un tirano autoritario e insoportable.

Él no contestó a sus palabras y ella entornó los ojos al ver que él destapaba las bandejas de deliciosa comida.

Entonces, su estómago rugió y se puso más nerviosa todavía. Sin dejar de mirarla, él untó una salsa en un trozo de pan y después de comérsela se relamió las comisuras de los labios.

—Tiene un aspecto ridículo mientras come —mintió ella—. ¿No podría hacerlo en otro sitio?

Esperando que él se enfadara con ella, Regan se sorprendió al verlo reír.

—Sabe, puede que su humor mejore si deja de negarse las necesidades básicas. Las huelgas de hambre son algo muy infantil.

Sorprendida de que la hubiera llamado infantil, Regan lo miró.

—Mi humor solo mejorará cuando me libere y deje de decir cosas terribles sobre mi hermano.

Él entornó los ojos cuando ella mencionó a Chad, pero sin más, continuó comiendo con las manos.

Enfadada, ella pensó en salir de la habitación, pero deseó no hacerlo. Si él pensaba enfrentarse a ella, ella haría lo mismo.

–No puede seguir adelante con este plan –dijo ella, acercándose a él.

–¿Qué plan?

–El de mantenerme aquí hasta que mi hermano regrese con su hermana.

Él se apoyó en el respaldo de la silla y se limpió la boca con una servilleta. Mientras la miraba, Regan se fijó en las duras facciones de su rostro, en sus largas pestañas y en su boca tentadora. Toda esa virilidad esperando a que alguien la aprovechara... Ella se estremeció. Podía imaginarlo montando a caballo por las dunas del desierto bajo el sol. O dormido entre sábanas revueltas, con los brazos musculosos bajo la cabeza y sus poderosos muslos...

Regan frunció el ceño. A veces su lado creativo era muy pesado.

–¿Ese es mi plan? –preguntó él.

–Evidentemente. Aunque ya le he dicho que yo no diré nada acerca de que su hermana ha desaparecido. Incluso estoy dispuesta a firmar que no diré nada.

–¿Y cómo sé que puedo confiar en usted?

–Porque soy una persona en la que se puede confiar. Llame a mi jefa. Ella se lo dirá. Nunca digo nada que no pienso ni hago nada que he dicho que no voy a hacer.

–Admirable.

–No me subestime –dijo ella, y agarró el respaldo de la silla de teca que estaba frente a él. El aroma de la deliciosa comida inundaba el ambiente y ella tuvo que contenerse para no suspirar–. Es realmente horrible, ¿lo sabe?

–Me han llamado cosas peores.

–No lo dudo. Uy… –colocó la mano sobre su estómago al notar que rugía y lo miró–. Ha hecho esto a propósito ¿no es así?

–¿El qué? –preguntó él con inocencia.

–Traer la comida aquí. Intenta que sienta tanta hambre que no pueda resistirme a comer. No funcionará –lo miró–. No conseguirá derrotarme.

Se retiró de la mesa con intención de pasar el resto de la noche en el jardín, hasta que él se marchara, pero apenas había avanzado dos pasos antes de que él la detuviera, rodeándola por la cintura y estrechándola contra su cuerpo.

Regan exclamó con sorpresa y le golpeó los antebrazos con los puños.

–Deje de hacer eso –exigió. Notaba la piel ardiendo y deseaba darse la vuelta y abrazarlo–. Odio cuando me toca.

–Entonces, deje de retarme –le dijo al oído antes de agarrar una silla y hacer que se sentara.

–Le gusta hacer eso, ¿verdad? –lo acusó ella, mientras restregaba el trasero contra la silla para tratar de borrar la sensación que él había dejado en su cuerpo al sujetarla contra su vientre–. Usar la fuerza bruta para conseguir lo que desea.

Él agarró el tenedor y la señaló con él.

–Coma. Antes de que pierda la calma y le pida al médico del palacio que traiga un tubo para alimentarla.

–No se atrevería.

La sonrisa de su rostro indicaba que sí, y que disfrutaría haciéndolo.

–Solo hago esto porque sé que no me dejará marchar, así que necesitaré tener fuerzas para escapar –dijo ella, mientras agarraba una tartaleta de hojaldre y se lo metía en la boca. Al ver que estaba delicioso, agarró

otro y murmuró algo. Cuando se percató de que él la
estaba mirando, se sonrojó.

–¿Qué? –preguntó–. ¿No era esto lo que quería?

–Sí –contestó él con un tono grave que provocó que
ella se derritiera por dentro.

Intentando que no se diera cuenta de cuánto la afectaba, decidió atacar de nuevo.

–Esto es ridículo, ¿sabe?

Él la miró.

–¿La comida? A mi cocinero no le gustará oír eso.

–Retenerme aquí –agarró el tenedor y pinchó algo
con aspecto delicioso–. Estamos en el siglo XXI y usted
parece un hombre educado. Es un gobernador. No
puede imponer su voluntad sobre otras personas cuando
le apetece.

Él soltó una carcajada.

–Sí puedo –se sirvió más comida–. Y soy consciente
de qué siglo es. En mi país, el rey crea las leyes, así
que, más o menos tengo carta blanca para hacer lo que
quiera y cuando quiera.

–No puede ser cierto –frunció el ceño–. Ha de tener
un gobierno que también opine.

–Tengo un gabinete que me ayuda a gobernar, si es
a lo que se refiere.

–¿Y cuál es su trabajo? ¿Poner el sello allí donde
usted dice?

–No exactamente.

–Deben ser capaces de ordenar que me deje marchar.

–No exactamente.

Enfadada, Regan dejó el tenedor.

–Mire, está cometiendo un gran error. Sé que mi
hermano es inocente.

Él la miró con los ojos entornados.

–Ya hemos hablado de eso. Coma.

–No puedo. Esta conversación me está quitando el apetito.

–Entonces, deje de hablar.

–Cielos, usted es imposible. Dígame, ¿qué le hace pensar que mi hermano se ha llevado a su hermana? No es algo que suela hacer mi hermano. No es un delincuente.

–A los dieciséis años robó un coche y a los diecisiete una copia de los exámenes finales.

–En ambas ocasiones le retiraron los cargos –lo defendió ella–. ¿Y eso cómo lo sabe? Son archivos secretos porque era menor.

Él la miró y ella hizo una mueca.

–Está bien, lo sabe todo –respiró hondo y dejó salir el aire poco a poco–. Chad se juntó con la gente equivocada cuando pasó lo del coche, y robó los exámenes finales para venderlos y ayudarme económicamente. Teníamos que cambiar el calentador de agua de casa y no teníamos dinero. No necesitaba robar los exámenes para él. Siempre ha sacado buenas notas. En cualquier caso, es muy diferente a secuestrar a alguien –le dijo.

–Decir que ha sido secuestrada es un poco exagerado. Ha venido a mi país por propia voluntad. Y ahora está retenida porque supone una amenaza para la seguridad de mi hermana.

–¡No tengo nada que ver con la desaparición de su hermana!

–No, pero su hermano sí –señaló él–. Y como ya me ha confirmado, él tiene la capacidad de realizar delitos.

–Era joven y estaba pasando un mal momento –se quejó ella–. Eso no significa que sea un delincuente.

–¿Por qué pasaba por un mal momento?

–Me sorprende que no lo sepa –murmuró ella–. Parece que lo sabe todo.

Él le acercó un hojaldre triangular.

–Sé que sus padres murieron de cáncer con tan solo siete semanas de diferencia. ¿Es a eso a lo que se refiere?

–Sí –Regan sintió una presión en el pecho–. Chad solo tenía catorce años. Le afectó mucho y creo que no pasó un buen duelo… Creo que pudo con él.

–Debió ser muy duro que los dos murieran a causa de esa terrible enfermedad. Lo siento.

–Gracias –ella negó con la cabeza y mordió la tartaleta que él le había dado, cerrando los ojos al sentir su delicioso sabor–. Está exquisito. ¿Qué es?

–Se llama *bureek*, es una exquisitez de nuestra región –frunció el ceño y retiró la mirada de la boca de Regan–. ¿Quién los cuidó cuando murieron sus padres?

–Yo tenía dieciocho años –dijo ella–. Dejé mis estudios de fotografía, conseguí un trabajo y cuidé de nosotros.

–¿No tenían más familia que pudiera acogerlos?

–Teníamos unos abuelos que vivían en la otra punta del país, y unos tíos que veíamos de vez en cuando, pero solo tenían espacio para Chad y nosotros no queríamos separarnos.

Él la miro un largo instante y después le entregó otra pieza de comida. Ella la aceptó y se sorprendió al oír las palabras que él pronunció después.

–Yo perdí a mi padre a los diecinueve años.

–Oh, lo siento –dijo ella. Echaba de menos a sus padres todos los días y sabía bien lo que era–. ¿Cómo murió?

–En un accidente de helicóptero.

–Eso es terrible. ¿Y qué pasó con usted?

–Que me convertí en rey.

–¿A los diecinueve años? Era muy joven.

Jag le dio otra tartaleta.

–Nací para gobernar. Para mí no era problema.

Regan lo miró. Él podía decir que no le supuso un problema, pero ella sabía lo duro que era responsabilizarse de un hermano y no podía imaginar lo difícil que podía ser responsabilizarse de todo un país.

–No debió ser fácil. ¿Al menos tuvo tiempo de superar el duelo?

Ella percibió sorpresa en su mirada.

–Estaba estudiando en los Estados Unidos cuando su helicóptero se estrelló. Cuando regresé a casa, el país estaba en estado de agitación. Había mucho por hacer. Pruebe el *manakeesh* –le señaló la comida que tenía en la mano–. Creo que le gustará.

«La respuesta es no», pensó ella, y saboreó la deliciosa mezcla de pan, carne y especias. La sonrisa de Jag indicaba que él sabía que le había gustado.

Por la expresión de sus ojos, Regan sabía que la muerte de su padre lo había afectado mucho.

–¿Cuánto tiempo tenía su hermana entonces?

–Ocho años –agarró un pedazo de pan y lo untó con una salsa morada–. Mi hermano dieciséis –le entregó el pan.

–¿Tiene un hermano?

–Rafa. Vive en Inglaterra. El *baba ganoush* está muy rico ¿verdad?

–Sí, esta delicioso –ella se relamió la comisura de los labios y frunció el ceño al darse cuenta de lo que él estaba haciendo–. ¿Por qué me está dando de comer?

Él la miró fijamente.

–Me gusta hacerlo.

De pronto, Regan sintió que le costaba respirar. La conversación se había vuelto personal y le resultaba muy desconcertante.

–No puedo quedarme aquí –dijo ella. Por un lado, tenía que encontrar a Chad. Por otro… Por otro, aquel hombre le afectaba de tal manera que no sabía qué hacer–. No tiene pruebas de que mi hermano haya hecho nada malo.

Él la miró muy serio.

–Ese tema de conversación ha terminado.

Regan contestó:

–No hasta que me diga qué le hace estar tan seguro de que Chad se ha llevado a su hermana.

Él se acomodó en la silla y tardó unos instantes en contestar.

–Tenemos imágenes de ellos dos juntos grabadas por las cámaras de seguridad. Además, después de marcharse, mi hermana dejó un mensaje en mi buzón de voz informándome de que estaba con un amigo.

Regan frunció el ceño.

–No parece que se la hayan llevado contra su voluntad.

–Milena va a casarse con un hombre muy importante el mes próximo. No pondría todo eso en juego de no ser porque la hubieran forzado.

–Quizá ya no quiere casarse con él.

El rey apretó los dientes.

–Ella aceptó el matrimonio. Además, nunca eludiría sus responsabilidades.

–¿Ama a ese hombre importante con el que va a casarse?

–El amor no es importante en los acuerdos matrimoniales de la realeza.

–De acuerdo –Regan pensaba que el amor era importante en cualquier acuerdo matrimonial–. Lo tomaré como un *no*.

–Tómelo como quiera –soltó él–. El amor es un concepto emocional y no pertenece a la fusión de dos grandes casas.

–¿La fusión? Habla como si fuera un asunto de negocios.

–Es una buena manera de verlo, como cualquier otra.

–Y también muy dura. ¿Qué hay del afecto y del respeto mutuo? ¿Qué hay de la pasión?

Ella no tenía ni idea de dónde habían salido sus últimas palabras. Quería haber dicho amor.

Él posó la mirada sobre sus labios y ella se sonrojó.

–Todo eso puede llegar más tarde. Después de que se haya consumado el matrimonio.

–Eso suponiendo que te hayas casado con alguien agradable –señaló Regan–. ¿Y si ese hombre importante se porta muy mal con ella?

–El Príncipe de la Corona de Toran no se portará mal con mi hermana. De lo contrario, tendré que responder por ella.

–Eso está muy bien en principio, pero no significa que su hermana lo desee. Es decir, no me tome a mal, no hay nada que yo no estuviera dispuesta a hacer por mi familia, pero cuando se trate del matrimonio, me gustaría elegir a mi marido. A la mayor parte de las mujeres les gustaría.

–¿Y qué elegiría? –preguntó en tono de mofa–. ¿Dinero? ¿Poder? ¿Estatus?

Sus preguntas hicieron que Regan sintiera lástima por él. Era evidente que solo conocía mujeres superficiales y eso explicaba su actitud.

–Es un punto de vista muy cínico –contestó ella–. Pero no, esas cosas no entran en mis prioridades.

–Deje que adivine… Quiere a alguien amable, con sentido del humor y que la quiera solo por ser quién es.

Sorprendida de que él hubiera acertado, Regan se enojó al ver que él se reía.

–No veo qué le parece tan divertido. Es lo que desean la mayoría de las mujeres.

–Es lo que la mayoría de las mujeres dicen que desean –contestó él–. He descubierto que esas cosas caen en saco roto a no ser que haya dinero y poder de por medio.

–Entonces, diría que ha estado saliendo con mujeres…. Quizá debería aumentar sus expectativas.

–Cuando me case, señorita James, no será por amabilidad, amor o humor.

–No –convino Regan–. Estoy segura de que no habrá nada divertido en ello. Ni amoroso.

–Yo no necesito amor.

–Todo el mundo necesita amor. Créame, lo veo en los niños de mi clase que no son queridos y es sobrecogedor.

–Estoy de acuerdo en que los padres deben de querer a sus hijos, pero es algo irrelevante en el matrimonio.

–No estoy de acuerdo. Mis padres estaban muy enamorados hasta el día de su muerte. Mi padre fue alguien que nos mostró amor verdadero y afecto a todos nosotros.

–No me extraña que su imagen de relación sea la de los cuentos de hadas.

Regan ladeó la cabeza.

–¿Y sus padres? ¿Estaban felizmente casados?

–El matrimonio de mis padres era de conveniencia.

–No me sorprende, a juzgar por su actitud, pero no he preguntado por qué se casaron, sino si eran felices.

Jag se levantó a mirar por la ventana. Tardó tanto tiempo en responder que ella empezó a preguntarse qué podía decir para rebajar la tensión que había en el ambiente. Momentos después, él se volvió hacia ella con el ceño fruncido.

–Si eran felices o no, no es importante. De hecho, no lo eran. Apenas se veían. Mi madre descubrió que no tenía cualidades para ser reina y pasaba la mayor parte de su tiempo en París o Ginebra. Mi padre era rey. Un trabajo que apenas deja tiempo para nada más. Hacía lo que debía hacer. Igual que hará mi hermana. O mi hermano. Y que haré yo.

–Eso suena un poco frío. Quizá su hermana desee algo diferente. Quizá ella y mi hermano estén enamorados. ¿Ha pensado en esa posibilidad?

A juzgar por la tensión del músculo de su mentón, sí, lo había pensado. Y no le agradaba.

–Será mejor que no.

–¿Por qué? ¿Qué pasaría si estuvieran enamorados y desean casarse? –«Cielos, ¿y si ya se han casado?» Ese hombre acabaría con Chad–. ¿Sería algo tan importante?

Jag la fulminó con la mirada.

–Milena está comprometida. El compromiso no puede romperse. Y no se romperá.

–Dígame, ¿está preocupado por el bienestar de su hermana porque es su hermana o porque puede arruinarle los planes que ha hecho con el Príncipe de la Corona? –preguntó ella, entornando los ojos.

–¿Cuestiona que sienta afecto por mi hermana? –preguntó él.

–No. Estoy diciendo que, si fuera verdad y Chad y ella estuvieran enamorados, ¿qué podría hacer al respecto? Es decir, no es que pueda castigar a mi hermano por enamorarse de su hermana. Puede que a usted no le parezca importante, pero enamorarse no es un delito. Ni siquiera aquí.

Él sonrió una pizca.

–No conoce mi país muy bien, señorita James –se acercó a ella y apoyó las manos en los reposabrazos, dejándola como atrapada.

Regan notó que se le aceleraba el corazón de tal manera que pensaba que él podría oírlo. No le tenía miedo, pero quizá debía tenérselo, porque su gélida mirada era capaz de enfriar incluso a la lava.

–Podría mandar ejecutar a su hermano solo por mirar a mi hermana.

Regan lo miró asombrada.

–No será capaz.

–No tiene ni idea de lo que soy capaz –la miró de arriba abajo.

Regan comenzó a respirar de forma entrecortada. Él estaba tan cerca que su aroma inundaba sus sentidos y comenzaba a impedirle pensar. Ella deseaba decirle que le daba igual de qué fuera capaz, pero ni su cerebro ni su cuerpo funcionaban a velocidad normal.

–Todo eso es irrelevante. Si realmente están tan unidos, su hermano regresará corriendo.

Tras esas palabras, él se enderezó y se separó de ella, dejándole suficiente espacio para poder respirar con tranquilidad.

–Buenas noches, señorita James. Espero que haya disfrutado de su cena.

Confundida por su cercanía y por el vacío que dejó tras su marcha, Regan se puso en pie y salió tras él, agarrándolo de la manga.

–Espere un minuto. ¿Qué quiere decir con eso? ¿Por qué cree que mi hermano vendrá corriendo?

–Porque con suerte ha visto las fotos que he publicado de nosotros.

–¿Fotos?

–Sí –la miró–. Parece que nos fotografiaron en la recepción del hotel. A estas alturas ya estarán por toda Europa con su nombre en ellas.

–Me está usando como cebo –susurró ella.

–Me gusta pensar más en un seguro. Cuando su hermano descubra que está aquí, confío en que esos estrechos lazos familiares de los que hablaba lo hagan salir a la luz.

—Es realmente terrible —tartamudeó ella con furia—. Su hermana se ha escapado porque usted es malo e intenta casarla con alguien que probablemente es tan terrible como usted y, además, piensa asustar a mi hermano en el proceso.

—Su hermano pagará por sus pecados, señorita James, y si realmente están tan unidos como dice, vendrá corriendo.

Regan negó con la cabeza.

—Nunca he conocido a un hombre tan frío e insensible como usted. Algo de lo que parece muy orgulloso —colocó las manos sobre sus caderas y lo miró—. No puede mantenerme aquí así. Cuando le cuente lo que ha hecho al consulado de los EE. UU., se convertirá en un paria internacional

Él la miró con frialdad.

—¿Me está amenazando, señorita James? ¿Sabe que es delito amenazar a un rey?

—También es delito golpearlo, pero si tuviera un bate a mano, Jeque Hadrid, o rey Jaeger, o sea cual sea su título, lo usaría.

Ella lo oyó resoplar y se dio cuenta de lo cerca que estaban.

—El título correcto es Alteza —dijo él—. A menos que estemos en la cama. Entonces, puede llamarme Jaeger o Jag.

Oh, cielos, ¿por qué había dicho tal cosa?

¿Y por qué la estaba mirando como si deseara devorarla? ¿Como si quisiera besarla tanto como ella deseaba besarlo a él?

«Esto es estúpido, Regan» —se advirtió—. «Retírate antes de que sea demasiado tarde».

Sin embargo, no se retiró, sino que lo señaló con el dedo y dijo:

—Como si eso fuera a suceder —soltó—. Lo odio. La

única vez que podría acostarme con usted sería en sus sueños.

—¿De veras?

Él le agarró el dedo y se lo metió en la boca. Regan se quedó sin respiración al ver que él deslizaba el dedo sobre su labio inferior. Una ola de deseo se apoderó de ella, arrebatándole todo el sentido común que le quedaba.

—No haga eso —suplicó.

Él la miró.

—No se engañe. No me odia. Ni mucho menos.

Capítulo 4

A LA MAÑANA siguiente Regan todavía estaba enfadada por la prepotencia del rey.

«No se engañe. No me odia. Ni mucho menos», recordó sus palabras.

Ella lo odiaba. Por supuesto que lo odiaba. Era autoritario… Arrogante… Era… El recuerdo del tacto húmedo de sus labios sobre el dedo la hizo estremecer. ¡Era un hombre muy sexy!

No era que ella estuviera pensando en eso. A ella le gustaban los hombres que se consideraban iguales a las mujeres. Era evidente que el rey Jaeger no se consideraba igual que nadie.

–Las reglas las pongo yo –murmuró ella–. Harás lo que yo diga.

¿Cómo podía encontrar sexy a un hombre como ese? El estrés. Los efectos del *jet lag*. La química.

Si fuera un hombre racional con el que se pudiera razonar. No lo era. Él había decidido que su hermano era culpable y la razón no iba a funcionar.

Así que no le quedaba más opción que escapar o, al menos, conseguir decirle a Chad que estaba bien y que no necesitaba preocuparse por ella. Por mucho que quisiera descubrir dónde estaba él, no podría soportar si él se asustaba y hacía una locura. Como ponerse en el camino del rey Jaeger.

Ella miró alrededor de la muralla que rodeaba los jardines. Había pensado en escalarlos, pero al instante desechó la idea. También había intentado salir por la puerta el primer día, pero siempre estaba cerrada. La única vez que estaba abierta era cuando la asistenta limpiaba, pero en esas ocasiones ponían un guarda junto a la puerta.

Regan lo sabía porque el día anterior había intentado salir y se había encontrado con la mirada implacable del guarda. Quizá el rey los entrenaba personalmente.

Frustrada por la indefensión que sentía, regresó al interior. ¿Habrían publicado ya su foto entre los brazos del rey ya? Lo más probable. Ella odiaba pensar que Chad hubiera visto la foto y estuviera preocupado por ella, pero sobre todo odiaba la idea de lo que podía pasar cuando el rey Jaeger pillara a su hermano.

¿Qué diablos estaba pensando su hermano para escaparse con una princesa? ¿Mantenía una relación personal con ella? ¿Y era cierto que el rey podía ejecutarlo? ¿Lo haría? Desde luego, parecía lo bastante despiadado como para hacerlo, pero algo le indicaba que no era tan malo como parecía. Cerrado, sí. Malo… No.

Regan contuvo una ola de frustración y observó cómo la asistenta escribía algo en la Tablet antes de volver a agarrar el plumero. Regan no sabía qué estaba limpiando, la habitación estaba inmaculada. La asistenta era muy joven, no tendría más de veinte años, y parecía una mujer agradable. Por desgracia no hablaba mucho inglés, y el primer día, cuando Regan le informó que no era una invitada del rey y que necesitaba salir del palacio cuanto antes, la chica sonrió y le informó de que el rey era maravilloso. Al instante, Regan supo que ella no podría ayudarla.

Si el rey Jaeger pensaba que ella iba a quedarse sentada mientras él planeaba la muerte de su hermano, estaba muy equivocado. Tan pronto como consiguiera liberarse, contactaría con la embajada de los EE. UU. y exigiría que… ¿Qué? ¿Qué pusieran una sanción económica a Santara? ¿Que prohibieran el turismo en el pequeño país? Lo más probable era que Jaeger soltara una carcajada al enterarse.

Enfadada, ella observó que la asistenta se acercaba al carro y agarraba un paño y un producto de limpieza antes de dirigirse al baño. Regan empezó a pasear de un lado a otro de la habitación y, al ver el carro de la limpieza, se detuvo en seco. La asistenta se había dejado la Tablet allí.

Con el corazón acelerado, miró hacia el baño un instante y agarró la Tablet. Al ver que se iluminaba al tocar la pantalla, se alegró de que no tuviera clave para bloquearla.

Rápidamente se conectó a Internet y pensó en qué hacer después. ¿Con quién debía contactar? ¿Con la embajada de los Estados Unidos? ¿Tendrían un correo electrónico para emergencias en la página web? Y aunque contactara con ellos no tendría manera de decirle a Chad que estaba bien. Que no estaba a merced del rey Jaeger. Y quizá ni siquiera la creerían.

Abrió su cuenta de las redes sociales y se dirigió a una tumbona que estaba al sol. Se desabrochó la blusa, de forma que el sujetador pareciera un bikini y se sacó una foto con una gran sonrisa y la piscina al fondo. Rápidamente, puso un mensaje debajo.

Disfrutando en la casa del rey Jag. Espero que tú también estés disfrutando. ¡El rey es un gran anfitrión!

Antes de pensárselo dos veces, le dio a *enviar* y observó cómo aparecía en su perfil. No era mucho, y no estaba segura de que Chad mirara la página, pero era la manera en que se habían mantenido al día con sus vidas después de que él se marchara a la universidad. Con un poco de suerte él la miraría antes de asustarse y preguntarse qué diablos estaba haciendo ella entre los brazos del rey.

Cuando se disponía a escribir un mensaje privado a Chad, oyó un ruido en la habitación. Para no alertar a la doncella sobre lo que había hecho, Regan apagó la Tablet y regresó al interior.

La doncella ni siquiera la miró y Regan dejó la Tablet rápidamente en el carro. Estaba temblando, así que, respiró hondo para tratar de calmar su corazón. La Tablet no estaba en el mismo lugar donde la había encontrado, pero con suerte, la doncella no se daría cuenta.

La joven miró a Regan un instante, esbozó una sonrisa, y salió de la habitación.

Regan se estremeció. Había conseguido burlar al rey. Solo esperaba que él no se enterara nunca. Esbozó una sonrisa. Aunque se enterara, él no podría hacer nada al respecto. Ese hombre no controlaba el mundo.

Jag golpeó a su oponente con tanta fuerza que al hombre casi le flaquearon las piernas.

Jag no debería haber ido a la suite de Regan. No debería haber discutido con ella y, desde luego, no debería haberle agarrado el dedo para llevárselo a sus labios.

Golpeó de nuevo con fuerza, resoplando al notar que su guante topaba con puro músculo.

A partir de entonces, ella permanecería en un lado del palacio y él en el otro.

Su oponente se quejó en voz alta:

—O estoy en muy baja forma o tú estás muy fuerte hoy, jefe —Zumar hizo una mueca mientras se acariciaba el mentón—. Si tengo suerte puede que salga andando de este combate.

Jag movió los hombros en círculo y esperó a que Zumar recuperara la postura de ataque. Zumar era un hombre alto y fuerte, y trabajaba en el palacio como cocinero jefe. Había sido cinturón negro de karate y campeón de kick-boxing antes de que una lesión lo obligara a cambiar de profesión y se dedicara a la lucha callejera. Muchos años atrás Jag lo había ayudado después de una pelea callejera de cinco contra uno y le había dado una segunda oportunidad. Zumar había estudiado para cocinero y si quisiera, podría llevar un restaurante con estrellas Michelin. Sin embargo, había elegido quedarse en Santara y mostrar lealtad a Jag. Hasta que se encontraban en el ring durante las sesiones de entrenamiento.

–Deja de quejarte –se quejó Jag–. No puedo evitarlo si te estás poniendo fofo por todos esos pasteles que cocinas.

–¿Fofo? –se rio Zumar–. Anda, dale, jefe.

Jag le dio… Sacando toda la frustración que sentía en el ring y no sobre la mujer que se alojaba en la suite del jardín.

No podía creerse lo cerca que había estado de besarla la noche anterior. Aquella mujer era un peligro para su equilibrio mental. Para un hombre acostumbrado a mantener el control en todo momento, era muy triste admitir que, al verla con aquellos pantalones cortos, había estado a punto de olvidarse de su propio nombre.

Después estaba aquella conversación sobre el amor y la felicidad… ¡como si fueran las metas que motivaban su vida!

Lo que a él le motivaba era el éxito, el poder, su cargo. Velar por su país y por su familia. Asegurarse de que todo iba bien y que Santara nunca se encontrara en una posición política inferior a la de sus vecinos, Berenia y Toran. Y si eso lo convertía en ¿cómo lo había llamado ella? Un tirano, autoritario e insoportable... Pues así sería.

Al instante sintió el puño de Zumar contra su mejilla derecha. Se tambaleó una pizca y frunció el ceño al ver la expresión de alegría de Zumar.

—Has tenido suerte –le dijo.

—Lo sé, jefe –contestó Zumar, alzando los puños de nuevo.

Jag le propinó un golpe en el mentón y después le hizo una llave de kick-boxing para tirarlo al suelo.

—Aprendes demasiado rápido –se quejó Zumar–. Me retiro.

—No puedes –dijo Jag–. No he terminado.

—¿Quieres que esta noche te cocine la cena, jefe?

Jag resopló y agarró a Zumar para ayudarlo a ponerse en pie. Miró alrededor del gimnasio para ver si alguno de sus ayudantes podía ayudarlo a gastar un poco más de energía.

«Regan James te ayudaría, aunque sería un tipo de entrenamiento muy diferente a este», le dijo una vocecita en su cabeza.

Ignorando sus pensamientos, intentó captar la mirada de uno de los oficiales de la armada. Por desgracia, Jag no había contratado a ningún idiota, así que, todo el mundo en la sala miró hacia otro lado. No era difícil percibir que el jefe no estaba en su mejor momento.

—De todos modos, ¿qué te pasa? –le preguntó Zumar, secándose el sudor con una toalla–. ¿Esto de la cumbre te tiene preocupado?

—No es la cumbre.

—Una mujer, entonces.

—¿Una mujer? –Jag lo miró y se quitó los guantes de boxeo–. ¿Por qué dices eso?

El nigeriano se encogió de hombros.

–Cuando un hombre está tan nervioso como tú, normalmente es porque tiene algún problema con una mujer –sonrió–. No hay escapatoria, ¿eh? El corazón sabe lo que el corazón quiere…

¿El corazón?

«¿Y sus padres? ¿Estaban felizmente casados?».

La inesperada pregunta de Regan había provocado que él recordara cosas de su infancia que habría preferido no recordar. Todavía no comprendía cómo había terminado hablando con ella de su familia. Nunca hablaba de sus padres, ni de la muerte de su padre, ni de cómo su madre los abandonó cuando eran pequeños. Él había lidiado con ambos sucesos y continuado con su vida, tal y como se esperaba que hiciera el futuro rey de Santara.

Y no, no había llorado por la muerte de su padre. No lo había necesitado. Siembre había respetado a su padre y había cumplido con sus obligaciones hacia él, pero realmente no había llegado a conocerlo bien, aparte de como rey. Y en cuanto a su madre… Ella nunca había pedido que Jag la quisiera y no le importaba si era así o no.

Jag notó un nudo en la garganta. Regan James no sabía de que hablaba al contarle su visión de la vida. No conocía el deber ni el trabajo duro. Y permanecía siendo una mujer abierta e inocente, que confiaba en que la gente se comportaba como debía.

«Pequeña tonta».

Sí, él permanecería en un lado del palacio y ella en el otro, porque cuando estaban cerca ella conseguía que él perdiera el sentido común. En realidad, ¿para qué iba a querer verla otra vez? Ella era una manera de conseguir un fin. Cuando él consiguiera el fin, se marcharía y no la volvería a ver.

Tras darle una palmada en la espalda a Zumar, dijo:

–Gracias.

–¿Por qué?

–Por ayudarme a darme cuenta de lo que me pasa.

–La próxima vez te agradecería que lo descubrieras antes de meterte conmigo en el ring.

Jag soltó una carcajada. Era agradable pisar en terreno firme otra vez.

La noche anterior… La química que había surgido entre ellos… La manera en que ella había hecho que él se cuestionara a sí mismo… Todo eso había desaparecido.

Al menos todo había ido bien hasta que Tarik entró en los vestuarios treinta minutos más tarde.

Al ver la expresión de su rostro, Jag dejó de silbar y preguntó:

–¿Milena?

–No, no tengo novedades sobre Milena, Alteza.

Jag suspiró y se subió los pantalones.

–Entonces tiene que ver con la mujer norteamericana. Veo la frustración en tu rostro. No te preocupes. Imagino que tiene el mismo efecto en todas las personas que conoce.

–Sí, señor. Es la mujer norteamericana.

–¿Qué ha hecho ahora? ¿Ha atado las sábanas para bajar por la muralla del palacio? Sea lo que sea, no permitiré que arruine mi buen humor –aseguró mientras se ponía la camisa.

–Se ha conectado a Internet y ha colgado una foto suya en el palacio.

–¿Diciendo qué? Déjame verla.

Tarik giró la Tablet para mostrarle la pantalla. Jag miró la foto en la que salía ella mostrando su escote y un sujetador azul claro.

Jag blasfemó en voz alta.

–¿No es esa la piscina de la suite del jardín?

–Sí, señor. Es un mensaje enviado desde el palacio.

–El palacio no tiene cuenta en las redes sociales.

–No, señor, pero la señorita James sí.

–La señorita James no tiene teléfono ni otros dispositivos.

–No, pero de algún modo, ha tenido acceso a uno hace un par de horas y ha colgado la foto.

–¿Ha tenido acceso a un dispositivo? ¿Cómo?

–El departamento de informática está tratando de obtener esa información. Pronto lo sabremos –dijo Tarik con cierta desesperación.

–Retiradla antes de que la vea todo el mundo.

–Ya lo he ordenado, Alteza –Tarik tragó saliva–. Por desgracia, ya la han visto.

Jag paró de abrocharse la camisa.

–¿Quiénes?

–El mensaje se ha compartido seis millones de veces, señor.

–Seis millones… –Jag frunció el ceño–. ¿Cómo es posible que haya sucedido en tan poco tiempo?

–Es un monarca muy popular, Alteza, especialmente desde que el mundo está esperando que anuncie su compromiso con la princesa Alexa este fin de semana. Y con todo el mundo pendiente de Santara por la cumbre que se va a celebrar, me sorprende que no haya sido más.

Jaeger blasfemó de nuevo. Se había olvidado por completo de la princesa Alexa.

–Hablando de su compromiso… El rey Ronan está al teléfono –dijo Tarik–. Está furioso por el hecho de que parece que usted está agasajando a una concubina después de haber aceptado casarse con su hija. Amenaza con cancelar el compromiso y boicotear la cumbre.

Jag miró a Tarik. Por primera vez en su vida su cerebro trataba de darle sentido a lo que sucedía. Por muy bella que fuera la princesa Alexa, Jag no deseaba casarse con ella aparte de porque resultaba conveniente. Ella comprendía su mundo y parecía una mujer igual de pragmática que él. También era una mujer refinada y cualquier líder sería afortunado de tenerla entre sus brazos. No solo eso, sino que, al casarse con ella, Santara estrecharía su relación con Berenia, un país vecino.

—La señorita James no es mi amante —soltó—. Y todavía no he aceptado formalmente a casarme con la princesa Alexa.

—Lo sé, Alteza, pero el rey Ronan tiene la impresión de que lo ha hecho.

—Eso es porque el rey Ronan es un canalla que trata de manipular a la gente.

—Por supuesto, señor, pero es importante que el fin de semana sea un éxito. Si el rey Ronan no se tranquiliza no permitirá que la princesa Alexa sea su acompañante. Y ya sabe que no es buena idea asistir solo a esos eventos.

Lo sabía, pero tenía cosas más importantes en las que pensar. Se pasó la mano por el cabello húmedo. Por un lado, debía estar furioso con Regan por lo que había hecho, pero por otro no podía culparla por su ingenuidad.

—El rey Ronan lo está esperando, Alteza. Quiere hablar personalmente con usted.

—Por supuesto —Jag agarró el teléfono móvil que estaba en el vestidor—. Transfiera la llamada a mi número personal —le ordenó.

—Sí, señor —Tarik deslizó el dedo por la pantalla de la Tablet—. ¿Y con la señorita James?

—Déjemela a mí —la estrangularía en cuanto tranquilizara al rey de Berenia y tomara una decisión acerca de si se casaba o no con la princesa.

Mientras bajaba por la escalera de mármol hacia la suite con jardín, Jag se colocó el teléfono en la oreja y dijo:

–Rey Ronan, me temo que tenemos un pequeño problema.

Capítulo 5

VAMOS, quedaos quietos –dijo Regan–. Por favor, solo unos segundos.

Regan fotografió a un par de pájaros de colores verde aceituna y amarillo. Por la forma en que frotaban los picos y revoloteaban uno alrededor del otro se sabía que eran pareja. A ella siempre le había gustado fotografiar parejas, tanto de animales como de humanos. A todo el mundo le encantaba la idea de encontrar a su alma gemela y ella sabía que las fotos de parejas vendían bien.

La luz en Santara era magnífica y hacía que los colores exóticos resaltaran más. Solo con mirar la arena del desierto daban ganas de explorarlo.

A pesar de que estaba muy concentrada tratando de capturar la imagen de una libélula, se percató del momento en que el rey irrumpió en la habitación. Oyó que la puerta golpeaba con fuerza contra la pared, y se giró a tiempo de ver el polvo blanco que se desprendía del lugar donde la manija había descascarillado la pintura.

Regan se acercó a la puerta de entrada desde el jardín y pestañeó.

Jaeger estaba dentro de su habitación. Iba vestido con unos pantalones que resaltaban sus piernas musculosas y una camisa blanca desabrochada. Regan no pudo evitar mirarlo de arriba abajo, y al ver su torso cubierto por una fina capa de vello oscuro, se le secó la garganta. Deslizó la mirada hasta sus pies y dijo:

–Creo que se ha olvidado los zapatos.

La puerta se cerró tras él con un portazo.

–Y posiblemente su sentido del humor –añadió, tratando de no pensar más en su cuerpo

–Si yo fuera usted, estaría muy preocupada en estos momentos –la amenazó él.

Estaba preocupada. Preocupada por no poder dejar de pensar en el sexo cuando él estaba cerca.

–¿Por qué? –preguntó ella. No era posible que él se hubiera enterado tan rápido de lo que había colgado.

–¿Cómo lo ha hecho? –preguntó él.

–¿El qué?

–No juegue conmigo. No funcionará. ¿Cómo ha accedido a Internet?

–Ah, eso… –entró en la habitación y se detuvo dejando el sofá entre ambos.

–Sí, eso –se acercó a ella.

Regan tragó saliva al ver cómo sus músculos abdominales se movían a cada paso. Una ola de excitación la invadió por dentro. ¿Excitación? ¿Estaba loca?

Él se detuvo frente al sofá, y lo miró un instante antes de dirigirse a ella otra vez.

«No será suficiente», pensó ella. La gran muralla china no sería suficiente para protegerla, si él decidía ir a por ella.

–Sí, bueno, he entrado en Internet –murmuró ella–. No he escrito nada negativo. De hecho, he insinuado que me caía bien. Y no es así, no se haga una idea…

–Ha insinuado mucho más que eso –murmuró furioso.

–Está disgustado porque me he adelantado y le he estropeado su plan para que Chad se preocupe. ¿Cómo lo ha descubierto tan pronto? ¿Tiene cámaras en la habitación y observan cada uno de mis movimientos? Sería algo espeluznante.

–No tengo cámaras aquí, aunque quizá las ponga después de esto –soltó él–. En respuesta a su pregunta, su mensaje ha sido reenviado muchas veces.

–Bien –dijo ella–. Espero que Chad haya llegado a verlo.

–Sé que iba dirigido a Chad, pero desgraciadamente ha llamado la atención de otras personas.

Regan frunció el ceño.

–¿De cuántas?

–De seis millones.

–¡Seis millones! No puede ser cierto. Solo tengo cuarenta y ocho seguidores y casi todos son del trabajo.

–Puede que usted no sea famosa, señorita James, pero yo sí…

–Es afortunado –contestó ella, deseando que él llevara más ropa–. ¿No quiere abrocharse la camisa? –le preguntó–. Hace un poco de fresco.

–Hace cuarenta grados a la sombra. Y me abrocharé la camisa cuando me parezca. A menos que la esté incomodando… –susurró.

–No. Para nada –dijo ella–. Solo estaba pensando que no parece muy adecuado para un rey.

Su sonrisa indicaba que él sabía que ella estaba mintiendo.

–Bien, porque ahora mismo no me siento un rey –posó la mirada sobre sus labios y ella apenas se contuvo para no humedecérselos. La tensión sexual invadió el ambiente y ella no sabía que hacer.

Tenía las mejillas sonrojadas y trataba de no pensar en el tacto de su piel desnuda bajo la camisa abierta.

–Por supuesto, como vaya por el palacio es cosa suya. No me haga caso.

Ella se mordió el labio para intentar no seguir hablando y confió en que el dolor detuviera los pensamientos inapropiados que invadían su cabeza.

–Gracias. Ahora, deje de mentir y dígame cómo lo ha hecho.

–No puedo –no pensaba meter en líos a la doncella que había limpiado su habitación.

–Señorita James, estoy a punto de estrangularla con mis propias manos y de echar su cuerpo a un lago lleno de cocodrilos. Le sugiero que no me obligue a hacerlo.

–¿Hay cocodrilos en el desierto?

–¡Regan!

Ella se sobresaltó al oír su nombre.

–Tranquilo. Solo preguntaba. Pero… No tengo intención de decirle cómo accedí a Internet, así que, deje de preguntarlo.

–Si alguno de mis empleados la ayudó, será castigado.

Regan colocó las manos en las caderas.

–No fue culpa suya.

Jaeger entornó los ojos,

–La doncella la ayudó.

–Ella no me ayudó. Tenía una Tablet y yo… la usé.

Él se puso tenso.

–Si la castiga nunca se lo perdonaré –dijo ella–. No fue culpa suya.

–Veo que no fue culpa suya, pero es evidente que fue negligente.

–Yo me aproveché.

–Créame, no me cabe duda de ello.

–Entonces, ¿no le hará nada? –suplicó–. No puedo permitirlo.

–¿Usted no puede permitirlo?

Él soltó una carcajada y Regan se cruzó de brazos.

–No. No sería justo. Y me da que usted es un hombre justo.

–Deje de adularme –negó con la cabeza–. No ha funcionado para otras mujeres y no funcionará con usted.

–Yo solo estaba…

–Silencio –dijo él–. Necesito pensar.

Y ella necesitaba un poco de aire.

–¿Dónde va?

Regan lo miró por encima del hombro

–No hace falta que grite –le dijo–. Estoy aquí. Y está claro que no me necesita para pensar.

–Yo nunca grito –le corrigió–. Al menos, no gritaba hasta antes de conocerla.

–Ya sabe como solucionarlo –dijo ella–. Puede dejarme marchar.

Él se rio.

–Ojalá pudiera. Créame, es una molestia que podría ahorrarme.

Por algún motivo, sus palabras resultaron dolorosas. Aunque no le gustara la idea, Regan no podía negar que él era el hombre más excitante que había conocido nunca. Desde la muerte de sus padres, ella se había vuelto prudente y responsable. Nunca se arriesgaba. Una sola mirada a aquel hombre, una caricia, la hacía sentir más viva de lo que se había sentido en mucho tiempo. La sensación era emocionante y desconcertante a mismo tiempo. El hombre no creía en el amor y amar era todo lo que ella sabía hacer.

Él resopló y ella lo miró a los ojos.

–No tiene ni idea de lo que ha hecho, ¿verdad? –murmuró él

–¿Debería?

–No. Supongo que no –se pasó la mano por el cabello–. En su mundo, colgar una imagen provocativa en las redes sociales apenas daría que hablar. Aquí es diferente. Tenemos valores morales y éticos.

–En los Estados Unidos también tenemos valores morales y éticos –dijo Regan, un poco a la defensiva.

–Sea como sea, señorita James, lo que ha creado es

una crisis diplomática y me ha puesto en una posición que tendré que arreglar.

—¿Una crisis diplomática? No veo por qué.

—Mañana empieza la cumbre más importante que ha celebrado mi país y un montón de gente se está preguntando quién es la mujer norteamericana que tengo invitada en mi palacio.

—No diría que esté como invitada.

—Además, ahora me he quedado sin acompañante para los próximos cuatro días.

—No veo que tiene que ver eso conmigo.

—Entonces, permita que se lo explique —la miró fijamente—. Puesto que usted es la responsable de este asunto, se convertirá en la acompañante que me ha hecho perder.

—Yo no he hecho que perdiera nada —dijo ella—. Y de ninguna manera voy a ser su acompañante —soltó una risita. ¿Sabe lo que pensaría la gente si nos viera juntos?

Jaeger se recostó contra el respaldo del sofá, cruzó las piernas y posó la mirada sobre los pantalones cortos de Regan.

—Me temo que esos rumores ya se están extendiendo, *habiba*.

Regan tragó saliva.

—Bueno, no tengo intención de que se complique más cuando me vean agarrada de su brazo. Y, en cualquier caso, todo es culpa suya por haberme traído aquí a la fuerza.

—Estoy de acuerdo, pero ahora ya no hay que lidiar con las consecuencias —la miró—. Normalmente, Milena participaría en estas situaciones, pero ambos sabemos por qué no puede hacerlo, ¿no es así?

Regan hizo una mueca.

—Mi hermano no tuvo nada que ver con que su hermana se marchara sin permiso, pero está bien –añadió al ver que él apretaba los dientes–. Creo que lo mejor que podemos hacer ahora es dejar las cosas tal y como están. No causaré más problemas –prometió ella–. Pronto todo el mundo olvidará mi foto.

–Nadie olvidará que está aquí después de haber visto esa foto. Y aunque lo hicieran, eso no soluciona mis problemas.

–Seguro que tiene el teléfono de mujeres por todo el mundo que puedan hacer de acompañantes para usted. Y es probable que cualquiera de ellas esté deseando hacerlo.

–Estoy seguro de que tiene razón –la miró de arriba abajo–. Aunque las mujeres que tengo en el teléfono cumplen una función muy diferente, *habiba* –su tono de voz no dejaba dudas acerca de cuáles eran esas funciones–. Y no quiero pasar el fin de semana con una mujer que pueda pensar que estoy más interesado en ella de lo que estoy. Con usted, sé que eso no pasará.

–Cuente con ello.

Jaeger sonrió.

–¿Cómo es posible que sea la única persona que tenga el valor de discutir conmigo?

–Probablemente, si alguien más lo hubiera hecho no tendríamos este dilema porque habría desarrollado el sentido común.

–Sí que lo tendríamos.

–Quizá usted –dijo ella–. Yo no. Trabajo en una prestigiosa escuela privada. Tengo que guardar mi reputación y , cuando todo termine, regresaré a mi vida normal, así que, no pienso volver como la amante ardiente de un rey del desierto.

–¿Ardiente?

–Por la temperatura –dijo ella, sonrojándose–. Es como una caldera.

Él se rio.

—Probablemente, mi amiga Penny me haya dejado montones de mensajes preguntándome qué pasa.

—Así es. Mis empleados han contestado en su nombre.

—¡Oh…! Me había hecho la promesa de que no permitiría que volviera a enfadarme, pero me está costando.

—Bueno es saberlo. Y comprendo su dilema.

—¿De veras?

—Sí. Por eso no la presentaré como mi pareja o mi acompañante. La presentaré como mi prometida.

—¿Su qué?

Ignorando su reacción, él paseó de un lado a otro de la habitación.

—Sí, es mucho mejor solución. No solo saciará la curiosidad de aquellos que se preguntan por qué está en mi palacio, sino que, además, teniendo en cuenta de que la foto en la que aparece entre mis brazos no ha hecho que su hermano viniera a su rescate, la noticia de nuestro compromiso puede que lo haga.

—Es tan despiadado como una víbora —comentó ella—. No funcionará. Chad nunca lo creería.

—No tiene que creerlo —la miró—. Solo tiene que traer a mi hermana, ilesa.

Regan frunció el ceño. Si Chad supiera que estaba comprometida con el rey, iría volando. Y quizá fuera lo mejor. Así se solucionaría toda la situación y ella podría regresar a casa.

—¿Y si no funciona?

—Tiene que funcionar.

—¿Por qué? ¿Porque ha decidido que funcionara?

Él se detuvo y la miró.

—Le gusta retarme, ¿verdad, Regan? —se fijó en sus labios.

A ella se le aceleró el corazón.

–Ha de tener cuidado –añadió él–. Estoy deseando ponerle las manos encima y no estoy seguro de si quiero que sea algo placentero o doloroso.

Regan se separó de él.

–Estamos hablando de mi hermano

–El motivo por el que usted está aquí.

Jaeger se acercó a ella y Regan solo pudo pensar en él. En lo alto que era. En lo fuerte que estaba. En cómo sería el tacto de la barba incipiente de su mentón.

–Deje de pensar en nuestro compromiso en el sentido romántico –le aconsejó–. Es un acuerdo de conveniencia y es temporal.

–Dos cosas que se le dan muy bien.

–Se me dan bien muchas cosas, Regan –posó la mirada sobre sus labios–. Si no tiene cuidado descubrirá en cuáles soy extremadamente bueno.

A Regan se le secó la boca y no pudo evitar fijarse en que él todavía no se había abrochado la camisa.

Él negó con la cabeza.

–Su desesperación por no casarse conmigo solo refuerza que es lo correcto. Mi asistente personal lleva años insistiendo que necesito una compañera en estos eventos, y tenerla a mi lado ayudará a calmar cualquier consecuencia debida a la publicación de su desafortunada foto.

–¿Mi desafortunada foto?

–Y parar los rumores acerca de la mujer occidental que reside en mi palacio.

–¿Residir? –dijo ella–. Querrá decir que está prisionera.

–Si estuviera prisionera estaría en la cárcel.

–Esto solo tiene que ver con usted y con lo que desea, pero ¿qué hay de lo que yo quiero?

–No está en posición de hacer peticiones.

–De hecho, sí que puedo hacerlas –lo miró–. Si quiere que este fin de semana coopere con usted, yo quiero algo a cambio.

Él se puso muy tenso y a Regan le dio la impresión de que pensaba que iba a pedirle joyas o dinero o algo.

–A juzgar por la cara de miedo que ha puesto, ha debido de salir con mujeres muy superficiales.

–No me haga esperar, señorita James, ¿qué es lo que quiere?

–Un trato.

–¿Disculpe?

–Puesto que parece que solo entiende de tratos, haré uno con usted. Aceptaré a ser su acompañante este fin de semana si cuando Chad regrese lo deja en libertad.

–Rotundamente, no –se separó de ella–. Su hermano tiene a mi hermana. No saldrá indemne de esto.

–Pero realmente no sabe qué ha pasado ni por qué están juntos.

–Lo sabré. Y cuando lo haga su hermano tendrá un grave problema.

–Bien, entonces tendrá que dar otra explicación acerca de por qué me tiene encerrada aquí.

Él se acercó a la ventana y metió las manos en los bolsillos. Regan trató de no fijarse en cómo la tela de los pantalones se ajustaba a su trasero.

«Solo son músculos», pensó. «Igual que los que tiene en lo brazos, el torso, los muslos…».

–Trato.

«¿Qué?»

Ella se sonrojó al ver que él la había pillado mirándolo.

–Acepto el trato. Serás mi prometida durante tres noches y cuatro días, y cuando regrese su hermano lo dejaré marchar, siempre y cuando mi hermana esté sana

y salva –dio un paso hacia ella–. Si mi hermana está
herida de algún modo, lo mataré ¿queda claro?

–No se preocupe. Si mi hermano le ha hecho daño a
su hermana de algún modo, no tendrá que matarlo…
Lo haré yo. Pero no será necesario –añadió–. Chad no
es así. No es el tipo de hombre que toma lo que desea.
Es amable y considerado.

–¿No como yo?

–No he dicho eso.

–No hace falta, *habiba*, su rostro es muy expresivo
–se colocó cerca de ella–. Por ejemplo, durante la última media hora ha estado preguntándose cómo sería
besarme.

Regan soltó una serie de palabras incomprensibles y
colocó las manos sobre su torso desnudo como para
detenerlo. Se mordió el labio para tratar de contenerse
y no acariciárselo.

–Se equivoca –añadió

–No me equivoco. Tiene las pupilas dilatadas y el pulso
acelerado. Me está suplicando que la bese de una vez.

–Es por miedo –dijo ella, sonrojándose.

–¿Miedo de qué? ¿De que la bese, o de que no?

Regan comenzó a negar con la cabeza y gimió
cuando el le sujetó el rostro con las manos. Jag la miró
un instante e inclinó la cabeza hacia la de ella.

Regan lo agarró de las muñecas con la intención de
separarlo, pero no sucedió. Él la besó con los labios y
ella se quedó paralizada. Él suspiró y le acarició los
labios con la lengua para que los separara. Ella se estremeció y, sin pensarlo, comenzó a besarlo también.

Él le acarició el cabello y le ladeó la cabeza para
poder besarla mejor. Con la otra mano, la sujetó por la
espalda y la presionó contra su cuerpo.

Al sentir su miembro erecto, Regan gimió, lo rodeó
por los hombros y comenzó a moverse contra él.

Jag emitió un sonido de satisfacción y dijo:

–Regan, yo… –siguió besándola y explorando el interior de su boca con la lengua.

Regan gimió de nuevo. No pudo evitarlo. Tenía los senos hinchados y los pezones turgentes. Sin pensarlo, comenzó a masajearle los hombros y le retiró la camisa para acariciarle la piel.

Él se estremeció y llevó las manos sobre sus senos para acariciarle los pezones. Ella notó que el deseo se apoderaba de él con más fuerza y que comenzaba a desabrocharle la blusa para poder besarle los senos.

Regan lo agarró por el cabello para que no se separara de ella.

–Jaeger… Jag. Por favor… –el hecho de que ella pronunciara su nombre hizo que algo cambiara para los dos. Él separó la boca de su cuerpo y la miró con la respiración acelerada.

Regan respiró hondo, intentando despejar su cabeza. Vio que él tenía cara de susto y supo que acababa de arrepentirse de lo que había sucedido.

–¿Por qué lo has hecho? –ella se acarició los labios. Todavía los tenía sensibles a causa de sus besos.

Él entornó los ojos.

–Deseaba besarte desde el primer momento en que te vi. Ya lo he hecho –se separó de ella–. Mañana recibirás un vestuario completo con todo lo que necesitarás durante los próximos cuatro días. Mientras tú cumplas tu parte del acuerdo, yo cumpliré el mío.

Sin más, se dio la vuelta y salió de la habitación. Nada más cerrarse la puerta, Regan suspiró y colocó la mano sobre su vientre.

«Deseaba besarte desde el primer momento en que te vi. Ya lo he hecho».

A Regan le tembló la mano cuando se retiró el cabello de la cara.

¿Hablaba en serio?

¿Cómo podía besarla de esa manera y luego marcharse sin más?

¿Cómo era posible? Si ella sentía que su mundo se había vuelto patas arriba…

Bueno, quizá porque él había besado a miles de mujeres y ella solo a media docena de chicos. Todos ellos durante el instituto, antes de que murieran sus padres. Después, tampoco se le habían dado muy bien los hombres. Normalmente, los que a ella le gustaban, no mostraban interés en ella, y los que parecía que tenían potencial, no se interesaban por una chica que tenía que criar a un adolescente. Aunque fuera su hermano. Desde luego, nadie la había besado con tanta sensualidad como el rey Jaeger. Aunque quizá los reyes eran buenos en todo. Al menos, Jag decía saberlo todo.

Ella negó con la cabeza. Si él podía marcharse sin más, después de un beso así, ella también.

Inconscientemente, ella se acarició los labios y el cuello, recorriendo el camino que él había seguido con sus labios. Al darse cuenta de lo que estaba haciendo, retiró la mano y agarró la cámara.

Recordar lo que acababa de suceder, no facilitaría olvidarlo. Y olvidar era justo lo que necesitaba hacer. No estaba allí por él, sino por Chad. Y por el trato que acababa de hacer.

Un trato con el diablo.

Un trato que sabía que nunca podría llevar a cabo.

Capítulo 6

NADA más verla en la pequeña antesala junto al gran salón, Jag supo que ella iba a incumplir el trato. Y él debía permitírselo. Realmente no le importaba tener una acompañante para el fin de semana. Había solo cientos de eventos como ese. ¿Qué importaba uno más? Y en cuanto a su presencia en el palacio… Sería más fácil de manejar, aunque no imposible.

Él la observó unos instantes. Regan estaba caminando de un lado a otro y se mordisqueaba el labio inferior con cara de preocupación. El mismo labio que él había mordisqueado veinticuatro horas antes.

Ella llevaba un vestido de seda de color cobre con un corpiño de organdí que acentuaba la esbeltez de su cuello y la silueta de sus senos. El color hacía juego con su cabello, convertía su piel en color marfil. Una piel que era tan suave como parecía.

Regan hizo una pausa frente al espejo que estaba encima de la chimenea y se colocó un mechón de pelo detrás de la oreja. Sus miradas se encontraron en el espejo. Sus ojos color canela, de mirada brillante y encantadora, y sus labios ligeramente pintados de rosa.

Con el cabello recogido, parecía una reina etérea de una era lejana y, en ese momento, él supo que no podía permitir que rompiera el trato.

—Es demasiado tarde para cambiar de opinión, *jamila* —dijo él desde la puerta.

Ella se volvió con tanto ímpetu que la falda del vestido se movió, provocando que resaltaran sus piernas antes de recolocarse.

–¿Cómo sabes que quiero cambiar de opinión? –preguntó ella, mirándolo de arriba abajo sin poder evitarlo.

–Lenguaje corporal.

Él esperaba que ella no fuera tan buena como él interpretándolo. Si lo era, sabría que estaba gritando por dentro: Te deseo. Ahora.

Incómodo por la reacción que había tenido ante ella, se recordó que ya había pensado en ello en la ducha y que no podía suceder. No volvería a tocarla, ni a besarla, y si solo podía pensar en ello, tendría que aguantarse. No permitiría que la situación se complicara aún más. No era lógico. Igual que no había sido lógico que la besara. La estaba mirando sin más, y de pronto tenía las manos sobre su pelo y los labios sobre los de ella.

Ella era como un imán.

–Tenemos un par de asuntos que solucionar antes de…

–Alteza, espere. Por favor –se acercó a él.

Jag percibió su delicado aroma a jazmín. Se había asegurado de que ella recibiera todo tipo de tratamientos y masajes y solo imaginar el aroma de todo su cuerpo era una tortura de la que podía prescindir.

–Me llamo Jaeger. O Jag. ¿Recuerdas?

Ella se sonrojó.

–Intento no recordarlo.

–Mira, si tiene que ver con el beso de ayer…

–No tiene que ver con el beso –lo interrumpió–. Sé lo que era. Ya lo dijiste. Querías saber lo que era besarme, lo descubriste, y ahora no quieres repetir la experiencia. Podemos seguir avanzando. La cosa es que no puedo actuar como tu prometida. No soy de la realeza, ni una supermodelo. Soy una profesora corriente. Todo el mundo se dará cuenta de que es una farsa.

–No eres corriente y no quiero que finjas ser otra persona que no eres. Como profesora, estarás acostumbrada a tratar con grupos de gente. Estoy seguro de que esto no será diferente.

–Estoy acostumbrada a hablar delante de niños de primaria –le explicó–. No es lo mismo que lo que se espera de mí este fin de semana. Y, honestamente, se me da mejor estar en la sombra. No me gusta cuando soy el centro de atención. Me pongo nerviosa.

–¿Por qué? –Jag estaba acostumbrado a ello.

–Supongo que viene de todas las entrevistas que me hicieron para los servicios sociales cuando era joven. Siempre que era el foco de atención existía la posibilidad de que apartaran a Chad de mi lado. Nunca quise decepcionarlo por no ser lo suficientemente buena y, como resultado, no me gustan las sorpresas ni ser el centro de atención.

Sorprendido por el hecho de que ella le estuviera contando algo tan personal, Jag sintió cierta presión en el pecho.

–Te prometo que no serás el centro de atención –estuvo a punto de acariciarle el rostro, pero se contuvo–. No olvides que esto es una cumbre política, y no un día en Royal Ascot. Eso significa que el protagonista seré yo –habló en tono tranquilo para tranquilizarla y tratar de borrar su expresión de vulnerabilidad del rostro. La vulnerabilidad llevaba al dolor, y lo último que él deseaba era que ella sufriera por él–. Ahora, el primer asunto es… –metió la mano en el bolsillo y sacó una caja roja. La abrió y le enseñó el contenido–. Has de ponerte esto.

–Oh, cielos. Es tan grande como un iceberg –dijo ella, colocando las manos detrás de la espalda–. No puedo llevarlo.

Jag sonrió.

–Era el más grande que pude encontrar. Dame la mano.

–No.

Ignorando su pequeño gesto de rebelión, él la agarró del antebrazo para que le mostrara la mano.

–Espero que te quede bien. Tuve que inventarme el tamaño de tus dedos. Son tan delgados que el joyero pensó que me había equivocado.

Ambos miraron el diamante que ella llevaba en el dedo.

–Y por supuesto, no te equivocaste –dijo ella–. ¿Estás seguro de que no tiene un dispositivo para que siempre sepas dónde estoy?

–No me des ideas, *jamila*.

Ella pestañeó´.

–Me has llamado así antes. ¿Qué significa?

–Bella.

–No lo soy…

–Sí, lo eres.

Jag tuvo que contenerse parra no tomarla entre sus brazos y besarla.

–Alteza…

–Jag.

–Esto es demasiado –dijo ella–. Espero que no sea verdadero. Me da miedo que alguien me robe.

–Nadie va a robarte, pero si te hace sentir mejor, puedo pedirle al equipo de seguridad que no te pierda de vista.

–¿Estás seguro de que no es para que no me escape con el anillo?

–No te escaparás. Si lo hicieras, te pillaría. Y sí, es de verdad.

Ella apretó los labios y él deseó besárselos de nuevo.

–Hay otros asuntos que solucionar –dijo él–. El protocolo marca que camines siempre dos pasos por detrás de mí, y tampoco puedes tocarme –al ver que ella arqueaba las cejas sorprendida, asintió–. Los habitantes de Santara no hacen demostraciones personales de afecto.

–¿Nunca?

–A veces con los niños. Si la familia es cariñosa.

–Guau. A mis padres los habrían encerrado. Siempre estaban tocándose. Y nosotros. Chad y yo heredamos su carácter cariñoso. Ah… –lo miró desconcertada–. Probablemente no quieras escucharlo.

No, no quería oírlo. Sobre todo, porque no podría parar de pensar en lo salvaje que se había mostrado entre sus brazos la noche anterior. Y, por supuesto, no quería alimentar la idea de que Milena pudiera mantener una relación con Chad. «Ella no podrá soportarlo si sale mal».

–El tercer asunto es que no voy a pasar la noche hablando de tu hermano o mi hermana. A partir de ahora es un tema que hay que evitar. ¿Comprendido?

–Perfectamente. Estoy de acuerdo. No daré buena imagen si nos ponemos a discutir delante de tus invitados.

–Damas y caballeros, les presento al Jeque Jaeger al-Hadrid, nuestro señor y rey de Santara, y su prometida, la futura reina de Santara, la señorita Regan James.

Regan respiró hondo al oír la presentación formal. Se mantuvo dos pasos por detrás de Jag, esperando a que él bajara por la escalinata y estirando el cuello para ver lo que pasaba en el salón de abajo. La habitación parecía una nube dorada, las paredes estaban cubiertas por un papel de color turquesa oscuro. Los techos estaban decorados con frescos y grandes lámparas. En el suelo, las mesas redondas estaban preparadas con cristalería fina y cubiertos de plata. Los hombres y mujeres vestían con elegancia, algunos con uniformes militares, otros con trajes tradicionales, y estaban reunidos en pequeños grupos, mirándolos con expectación. Algunas mujeres la miraban únicamente a ella, y Regan trató de pasar desapercibida entre las sombras.

Cuando Jag le había dicho que tendría que caminar dos pasos por detrás de él, ella se había ofendido. Después se alegraba por ello. ¡Quizá así pasaría desapercibida toda la velada!

Giró el anillo de diamantes sobre su dedo, mirando con temor los interminables escalones que tenía que bajar. Solo esperaba no tropezarse con el bonito vestido que llevaba. Era la ropa más elegante y delicada que se había puesto nunca y hacía que se sintiera como una princesa en un cuento de hadas.

«Una reina», se corrigió en silencio. ¿Era necesario que Tarik la presentara como la futura reina? ¿No podía haber dicho su nombre sin más?

Se fijó en que Jag se movía delante de ella y se le aceleró el corazón. «Allá vamos», pensó, preparándose para seguirlo escaleras abajo. Sin embargo, no sucedió. Como si él hubiese notado su nerviosismo, se volvió hacia ella y estiró la mano.

Regan levantó la vista y vio que él la miraba fijamente con sus ojos azules. Y así, sin más, se imaginó entre sus brazos mientras él la besaba. Ella se humedeció los labios y vio que a él se le oscurecía la mirada. Jag respiró hondo y ella se preguntó si no estaría pensando lo mismo. Entonces, él gesticuló para que se acercara.

—¿Qué pasa? —susurró ella—. ¿Por qué nos hemos parado?

—La cosa es… —sonrió él—. La cosa es, que siempre he odiado los protocolos —la acercó a su lado y le agarró la mano.

La multitud empezó a murmurar cuando él le besó la mano y puso una sexy sonrisa. Era un gesto de caballerosidad. Un gesto hecho para impresionar. Y había funcionado, porque a Regan se le derritió el corazón, igual que al resto de mujeres en la sala.

«No permitas que te atrape con esto», se advirtió. No era la historia de un cuento de hadas. No era Cenicienta, y Jag no sería el príncipe, ni el rey que prometería amarla para siempre. La vida real no era así. La vida real, a menudo, resultaba dolorosa.

Ella esbozó una sonrisa.

—Es demasiado tarde para cambiar de opinión –le susurró al oído.

Él puso una amplia sonrisa

—No tengo intención de cambiar de opinión, pequeña.

Regan trató de no perderse en aquella sonrisa. La noche anterior, después del beso, él se había marchado sin mirar atrás. Ella solo le interesaba para evitar la crisis diplomática y conseguir que su hermana regresara a casa. Con esa idea en la cabeza, ella respiró hondo y se concentró para no tropezar.

Increíblemente, la noche pasó mucho más deprisa de lo que Regan esperaba. La gente que había conocido era encantadora e interesante, y Jag nunca se separó demasiado de ella, ayudándola cada vez que pensaba que se sentía fuera de lugar.

—Es divino –había comentado más de una mujer.

Regan observó con fascinación la facilidad con la que él se movía entre la multitud. Era un hombre, sofisticado. Y peligroso. Su peligro radicaba en su masculinidad y en el carisma que mostraba. Todo el mundo de la sala quería estar a su lado. Especialmente ella.

Percatándose de que la esposa de un diplomático español le había hablado, Regan sonrió a modo de disculpa. Miró a Jaeger de reojo y vio que él dirigía la conversación en un grupo de delegados. Una mujer despampanante se inclinó hacia él y le susurró algo al oído, a la vez que le metía algo en el bolsillo del pantalón.

–Eres afortunada –le dijo Esmeralda, la mujer española, otra vez.

–¿Afortunada? –murmuró Regan, preguntándose de qué estaría hablando.

–Sí. Es un rey entre los reyes –sonrió–. Aunque no estoy segura de si yo podría manejar tanta sexualidad. Y eso que soy latina.

Regan se sonrojó al recordar cómo la había besado y acariciado los senos.

–Ooh-la –la… –dijo Esmeralda–. Veo que tú sí puedes.

–¿Puede qué? –preguntó Jag, agarrando a Regan por la cintura.

–Cosas de chicas, Alteza –dijo la mujer.

Regan estaba avergonzada. La mujer estaba equivocada. Ella no tenía experiencia ni era capaz de manejar la sexualidad de alguien como Jaeger.

Excusándose, Jag guio a Regan hasta su mesa.

–¿Qué tienes en el bolsillo? –le preguntó Regan.

Él se detuvo y la miró.

–Supongo que es un número de teléfono. No lo he mirado.

Regan se quedó boquiabierta. No estaba segura de qué la impresionaba más. Que él no hubiera mirado el papel, o que la mujer pudiera meterle su número de teléfono en el bolsillo delante de todo el mundo.

–Estás comprometido –dijo ella–. Al menos, esa mujer cree que lo estás.

–Ella está casada –dijo él.

–Es terrible. No sé quién me da más pena… Ella o su marido. Es evidente que no es feliz en su matrimonio.

–A algunas personas les excita estar con personas nuevas.

–Bueno, a mí no. Si me comprometiese con alguien, sería fiel.

–Yo también, *habiba*.

–Así que, tienes escrúpulos –dijo ella.

–Solo porque no permita que alguien se meta en las cosas de mi familia, no significa que sea el chico malo que crees que soy, Regan.

Colocó las manos sobre las caderas de Regan y a ella se le aceleró el corazón.

–Creía que los habitantes de Santara no hacían muestras de afecto en público –murmuró ella.

–No las hacemos –confirmó él–, pero he visto que esta noche ya he roto el protocolo una vez y no se ha caído el cielo.

Ella negó con la cabeza.

–Eres un verdadero rebelde, ¿no?

Él se rio.

–No. Siempre fui el niño que hacía lo correcto.

–El hijo solícito. ¿Era debido a las expectativas que había sobre ti por ser el primogénito?

–Por eso y porque era lo único que tenía sentido.

–El amor tiene sentido –dijo ella.

–Para ti. No para mí.

–¿Por qué piensas eso?

–Porque sé cómo funciona el mundo. Mis padres eran muy emotivos. Y su relación completamente volátil. Cuando las emociones se apoderaban de ellos, mi madre se marchaba y mi padre trabajaba todavía más. Si aprendí algo a base de observar a mis padres fue que nunca permitiría que las emociones se interpusieran a la hora de tomar decisiones.

–¿Y cómo eres capaz de controlarlo?

En aquellos momentos, ella solo podía pensar en rodearlo por el cuello y besarlo apasionadamente.

–Con la práctica –sonrió él.

–Muy bien, empezaré a practicar ahora mismo. Si me disculpas, voy al lavabo.

–No tardes.

Regan suspiró al ver que él la miraba a los ojos. Durante unos instantes, él había posado la mirada sobre sus labios y ella habría jurado que su mirada se había vuelto ardiente de deseo.

Ella no deseaba sentirse atraída por él después de cómo había amenazado a su hermano, pero no podía evitarlo. Quizá si él no la hubiera besado, ella se habría sentido diferente. Aunque sabía que no era verdad. Se había sentido atraída por él desde antes de saber que besaba como un dios. Sin embargo, él no era el único que intentaba no permitir que las emociones influyeran en sus decisiones. Ella había tenido que dejar a un lado sus emociones tras la muerte de sus padres. Y peor aún, ella sabía que nadie era indispensable, así que, ¿para qué arriesgarse?

–Perdón.

–Oh, lo siento –Regan sonrió a una mujer de cabello oscuro y se echó a un lado para que pudiera entrar en los baños.

–No voy a entrar –dijo la mujer.

–De acuerdo –Regan sonrió de nuevo y, estaba a punto de regresar al salón de baile cuando la mujer dio un paso adelante–. ¿Ocurre algo? –preguntó ella un poco nerviosa.

–No, yo…

–¿Ha estado llorando? –Regan se acercó más a ella–. Tiene los ojos enrojecidos.

–Estoy bien –dijo la mujer–. Solo quería verla de cerca.

Durante la noche, muchos invitados habían querido verla de cerca y, aunque no había sido tan abrumador como ella esperaba, no le gustaba.

–¿Por qué llora?

–Soy la princesa Alexa de Berenia.

–Me llamo Regan James.

La mujer soltó una risita.

–Lo sé.

–Bueno, al menos te he hecho sonreír –frunció el ceño–. ¿Alguien te ha hecho daño? ¿Te sientes mal? ¿Por qué no te acompaño a la mesa para que puedas…?

–No, no quiero regresar a mi mesa. Ni siquiera sabes quién soy, ¿verdad?

Regan negó con la cabeza.

–¿Debería?

–Teniendo en cuenta que era la prometida del rey hasta ayer, pensaba que sí. No puedo creer que él te tuviera aquí en el palacio y pensara casarse contigo.

Regan se sintió como si le hubieran clavado algo punzante en el estómago.

–¿Te refieres al rey Jaeger?

–¿A quién si no? –las lágrimas inundaron su mirada–. Mi padre cree que lo has embrujado. Y me culpa a mí, por supuesto.

–No he embrujado a nadie –dijo Regan–. Es solo… Quiero decir… No puedo explicártelo, pero siento de veras que esto te haya pasado.

–Él te quiere. Es evidente por cómo te mira –trató de contener las lágrimas–. Y por cómo te toca.

Regan estaba de acuerdo en que él la tocaba demasiado, y eso la mantenía en estado de alerta continuo. Sin embargo, sabía que él no la quería.

–No sé qué decirte –estaba hecha un lío y enfadada con Jag por su insensibilidad. ¿Por qué no le había contado que estaba comprometido? ¿Por qué no le había dicho que podía encontrarse con ella? Debía saber que Alexa estaba entre los invitados. Él habría confirmado la lista de invitados en persona.

–No hay nada que puedas decir –la princesa alzó la barbilla–. Intenté decirle a mi padre que esas fotos no importaban, que tú no eras nadie para el rey, pero estaba equivocada.

–No estás equivocada –dijo Regan, mordiéndose el labio–. Mira, no puedo estar segura, pero quizá todavía salga bien para ti. Quizá deberías mantener los dedos cruzados. Hoy en día nunca se sabe lo que puede pasar con una pareja. Si yo fuera tú, y lo quisiera tanto como parece que lo quieres, entonces, no perdería la esperanza.

La princesa la miró como si estuviera loca. No lo estaba. Lo que estaba era verdaderamente enfadada.

–¿Vas a contarme qué te pasa o vas a seguir ignorándome?

Regan lo había ignorado durante la última hora, hasta que Jag no aguantó más y decidió que se marchaban.

–¿Por qué nos hemos parado aquí? –preguntó ella, contemplando un pasillo que no conocía.

–Te han mudado de la suite con jardín a la suite contigua a la mía.

Ella lo miró muy seria.

–No quiero estar en la habitación contigua a la tuya.

Jag estaba cada vez más enfadado. Entre otras cosas porque había disfrutado de lo que normalmente era una aburrida velada formal. Abrió la puerta de su habitación y dijo:

–Una lástima. En la suite con jardín están alojados el rey y la reina de Noruega. Puedes ir a acompañarlos si te apetece.

Ella lo miró con desdén y entró en la habitación. Él suspiró y la siguió hasta su salón privado, preguntándose qué habría pasado en la última hora.

–No hace falta que me acompañes –dijo ella–. Sé cambiarme de ropa sola.

Jag la miró de arriba abajo y ella se sonrojó. Imaginársela tumbada en su elegante sofá, vestida tan solo con los zapatos de tacón de aguja de color dorado, provocó que se excitara y aumentara su frustración.

–¿Estás segura? –se quitó la chaqueta y la tiró sobre el respaldo del sofá–. Estoy dispuesto a ayudarte, si lo necesitas.

–Estoy segura de ello –se cruzó de brazos–. Estoy segura de que has ayudado a desvestirse a muchas mujeres. Entre ellas, quizá a la princesa Alexa. La que era tu prometida.

Ah… De pronto, Jag lo comprendió todo.

–La princesa Alexa no era mi prometida. Quien te haya dicho tal cosa está equivocado.

–Fue ella –dijo Regan–. Llorando.

Jag la miró. Él había hablado en persona con el rey Ronan antes de la cena, y le había recordado que nunca había llegado a comprometerse con su hija.

–La princesa Alexa y yo…

–Por favor –lo interrumpió Regan–. No sientas que debas darme explicaciones. No es asunto mío. Yo solo soy la sustituta. Tienes suerte de que las mujeres te parezcan intercambiables. Está claro que a ti no te afecta.

–Las mujeres no me parecen intercambiables.

–No, solo las ves como parte de un trato que puede modificarse según tus necesidades. ¿Este anillo era para ella? –se quitó el anillo que él le había dado–. Se quedó mirándolo durante mucho rato. ¿Lo elegisteis juntos?

–¿Puedes parar un momento y escucharme?

–No importa. He descubierto que no soporto llevar el anillo de otra mujer.

Regan le devolvió el anillo y el la agarró por las muñecas y se lo colocó de nuevo.

–No es el anillo de Alexa. Es tuyo. No elegí uno

para ella. Hace unos meses, el rey Ronan me ofreció casarme con su hija. Yo le dije que lo valoraría. Entretanto, alguien del Palacio de Berania ha filtrado información a la prensa para crear expectativas y, sospecho, que para animarme a mí a cerrar el trato.

–Por lo que he visto, para ella estaba más que cerrado. Parece que está enamorada de ti.

–He visto dos veces a esa mujer. ¿De veras crees que es tiempo suficiente para enamorarse de alguien?

–Para ella parece que sí.

–Lo dudo. La mujer está enamorada de la idea de convertirse en reina, y no de convertirse en mi esposa. Y su padre quiere tener acceso a las riquezas de Santara.

–Me cuesta creerlo. Ella estaba muy disgustada –retiró las muñecas y se distanció de él–. Digamos que tu versión sea cierta y que solo se iba a casar contigo por conveniencia, habría pensado que era tu estilo. Nada de mezclar las emociones en temas de importancia.

–Ya te he explicado todo lo que voy a explicarte.

–Claro, porque soy una de tus subordinadas. Supongo que estás a punto de dar dos palmadas para hacerme desaparecer.

–No me tientes –dijo él.

–Creo que has sido muy insensible al no hablarme de ella antes. Sabías que yo estaba nerviosa por tener que conocer a toda esta gente y me has lanzado a los lobos.

–No te he lanzado a los lobos. Me he asegurado de que estuvieras a mi lado toda la noche. Y no me alegro de que Alexa se haya acercado a ti, pero al final, no ha habido daños.

–Para ti no –dijo ella–, pero eso es porque no te preocupa la gente. Estás tan centrado en tu trabajo y en tu deber que se te han olvidado los seres humanos. Deberías asegurarte de donar tu cuerpo a la ciencia cuando te mueras… Serás la única persona del mundo que ha sido capaz de existir sin corazón.

—Sí tengo corazón, y esto no se trata de nosotros como pareja. No somos pareja. Somos un medio para conseguir un fin.

—Sí, el fin de mi hermano.

Jag se alejó de ella.

—Me niego a meterme en esto contigo.

—¿Por qué? ¿Porque estás vendiendo a Milena igual que el rey Ronan vendía a su hija?

—No estoy vendiendo a mi hermana.

Ella lo miró con incredulidad y Jag cerró los puños. Esa mujer lo estaba volviendo loco.

—Me estoy cansando de que cuestiones mis decisiones acerca de mi hermana —se acercó a ella—. Cuando Milena tenía dieciséis años se enamoró de un herrador extranjero que vino a trabajar en los establos. Yo supuse que no pasaba nada. Asumí que él sería un caballero, teniendo en cuenta la edad y la posición de mi hermana. Fui un idiota. Él trato de seducirla, a pesar de que estaba casado, y terminó partiéndole el corazón. Poco después de que él se marchara, ella dejó de comer y perdió un montón de peso. Entonces, la encontré con un bote de pastillas en la mano —todavía recordaba cómo se le había encogido el corazón al darse cuenta de lo enferma que estaba su hermana, y estaba dispuesto a protegerla para que nada pudiera volver a hacerle daño de esa manera

—Pobre Milena. Y pobre tú. No me extraña que te muestres tan protector hacia ella. Creía que era por motivos políticos.

—El aspecto político es vital, pero más lo es el hecho de que Milena siempre ha luchado por sentirse valorada y querida por los demás. Siempre se ha sentido culpable por el hecho de que nuestra madre se marchara. De lo que no se da cuenta es de que nuestra madre no era nada maternal. Cuando me ofrecieron el acuerdo de matrimonio, pensé en que Milena obtendría la estabilidad que necesitaba y que su vida cobraría sentido. Lo último que necesito es que vengas tú y me hagas cuestionármelo –sorprendido por todo lo que le estaba contando a una desconocida, se dirigió a las ventanas y contempló la noche oscura.

–Siento haberte hecho recordar cosas malas del pasado, al negarme a comer el otro día.

Al oír emoción en su voz, Jag no pudo evitar volverse para mirarla. Nunca había conocido a una mujer tan abierta y tan dispuesta a tomar la responsabilidad de sus actos.

–Y perdona por decir que no tienes corazón. Ahora veo que te preocupas de verdad por tu hermana, y que me equivoqué al sugerir otra cosa.

–No necesito que sientas lástima por mí –Jag zanjó la conversación de golpe. Lo que necesitaba era que ella se desnudara para poder emplear el exceso de energía que sentía.

Oyó que ella le daba las buenas noches antes de desaparecer por una puerta, y estaba a punto de decirle que había entrado en su dormitorio en lugar de en el de ella, cuando Regan regresó sonrojada.

–Creo que he entrado en tu dormitorio. Huele a ti.

Jag apretó los dientes.

–Así es –señaló la puerta que estaba en el otro lado–. Puedes ir a tu dormitorio por ahí.

–De acuerdo.

Jag se dirigió al mueble bar para tratar de rebajar la tensión que sentía. Acababa de agarrar el decantador cuando ella gritó.

Él corrió a su habitación y se encontró con Regan de

pie sobre la cama, sujetando uno de los zapatos de tazón en una mano y vestida con tan solo un tanga muy pequeño de color carne.

—Una ara… Araña —tartamudeó—. Prometo que es enorme.

—¿Dónde?

—En el armario

Jag encontró la araña y tuvo que admitir que era bastante grande. Agarró un vaso de cristal del baño, capturó a la araña y la echó por la ventana.

—No es una araña exactamente —le informó, y vio que todavía estaba en la cama con las piernas separadas—. Se llaman *Solifugae*.

—Mientras se haya ido, no me importa lo que sea. ¿Hay más?

Jag miró alrededor de la cama.

—No hay nada. Me aseguraré de que mañana limpien bien la habitación otra vez. Descansa tranquila, no suelen verse dentro del palacio. Prefieren estar en el desierto.

—Esta se habrá perdido —dijo ella, mirando la alfombra.

—Ven —él le tendió la mano—. Te ayudaré a bajar.

Todavía en estado de shock, ella le agarró la mano sin rechistar y se tambaleó al bajar de la cama.

Jag la tomó en brazos y sus cuerpos quedaron completamente pegados cuando ella lo rodeó por el cuello con los brazos, y por la cintura con las piernas.

De algún modo, su trasero redondeado quedó apoyado contra las palmas de las manos de Jag.

Las imágenes del beso que habían compartido la noche anterior invadieron su cabeza.

«Querías saber a qué sabía y ahora no quieres repetirlo».

En un momento dado de la noche, él había deseado

tanto besarla otra vez que había estado a punto de vaciar el salón de baile. Parte del problema era que su sabor era completamente adictivo.

Su aroma lo estaba volviendo loco. Él estaba muy excitado. Lo único que necesitaba era deslizar el tanga una pizca hacia arriba, comprobar que estaba preparada con la punta de los dedos, quitarse los pantalones y penetrarla.

Movió las manos hasta sus muslos y le acarició la piel, después inhaló con fuerza y permitió que ella se deslizara hasta el suelo resbalando contra su torso.

Ella lo miró. Sus ojos se habían oscurecido a causa del deseo. Tenía los pezones turgentes y la respiración agitada como él. Además, Jag sabía que, si colocaba la mano entre sus piernas, la encontraría igual de excitada que él.

Apretó los dientes. Ella no estaba allí para eso. No le había pedido que fingiera ser su prometida para satisfacer el deseo que sentía hacia ella. Lo había hecho para impedir una crisis internacional, y para recuperar a su hermana. ¿Cómo quedaría si metiera el sexo en toda esa mezcla de cosas?

Si Chad James mantenía relaciones sexuales con su hermana, él lo mataría. Y no esperaba menos a cambio. Dando un paso atrás, se llamó tonto varias veces y se dirigió a la puerta antes de que pudiera cambiar de opinión.

Capítulo 7

REGAN ya estaba levantada cuando sirvieron el desayuno en la terraza privada del rey. Se había duchado y vestido con su propia ropa, pantalones vaqueros y camiseta, ignorando las bonitas prendas que le había enviado el rey, ya que no sabía qué se esperaba de ella ese día. Pensó en la mujer que le había metido a Jag el número de teléfono en el bolsillo y se preguntó si él habría ido a buscarla cuando se marchó de su habitación. Entonces, se recordó una vez más que no le importaba.

Miró la selección de frutas y dulces que habían servido y pensó en lo que él le había contado acerca de su hermana. Creía que él era un hombre insensible, pero después de ver cómo le había afectado lo de Milena vio que no era cierto. Era un hombre sensible y ella comprendía que la única manera de tomar responsabilidad sobre una familia y un país a una edad tan temprana era dejar de lado los sentimientos.

Recordaba cómo le había dado de comer en la suite con jardín cuando ella se declaró en huelga de hambre. En ese momento, ella había pensado que solo lo hacía por egoísmo y no porque fuera buena persona.

Decidió dejar de pensar en ello y concentrarse en lo que iba a desayunar. En ese momento, apareció él.

Ella se colocó la servilleta sobre el regazo y trató de no ponerse nerviosa.

—Anoche tenías razón —dijo él, mirándola a los

ojos–. Fui muy insensible al no avisarte de la situación con la princesa Alexa. No lo miré desde tu punto de vista, y tampoco pensé que ella fuera a decepcionarse tanto si el compromiso no se llevaba a cabo. Siento haberte puesto en esa situación.

Regan se sorprendió al oír sus disculpas.

–Es probable que yo reaccionara de manera un poco exagerada –admitió–. Está bien. Le dije a la princesa Alexa que no perdiera la esperanza.

–¿Y por qué le has dicho tal cosa?

–Porque me daba lástima. Estaba muy disgustada y me parece perfecta para ti. Es guapa y pertenece a la realeza. Tendríais unos bebés preciosos. Deberías seguir adelante con ella.

Él se acercó a la mesa y agarró un melocotón.

–Siempre buscas los aspectos positivos, ¿no?

–Prefiero los positivos a los negativos. La vida ya es bastante dura.

–Es una manera romántica de ver el mundo. Si no tienes cuidado te atacarán por la espalda cuando menos te lo esperes. Y odias las sorpresas.

–Odio las sorpresas malas.

–¿Hay de otro tipo?

–Buena pregunta –dijo ella, frunciendo el ceño–. No le vas a decir nada a la princesa Alexa, ¿verdad? No me gustaría que se metiera en un lío por haberse acercado a hablar conmigo.

–¿Primero protegiste a mi empleada y ahora a la princesa? ¿Quién será el siguiente? Porque no te veo protegerte a ti misma, y eso te hace vulnerable.

–No es cierto.

–Lo es –se inclinó sobre la mesa–. Ni siquiera te diste cuenta del peligro que corrías aquella noche en el *shisha bar*, o caminando sola por la ciudad. Podía haberte sucedido cualquier cosa.

–No me pasó nada –dijo ella.

–No diría lo mismo –dijo él, y se metió un pedazo de melocotón en la boca.

–¿Cómo puedes comerte eso y no derramar ni una gota? –comentó ella–. ¿Fuiste a una escuela de etiqueta para la realeza? ¿O naciste sabiendo cómo hacerlo?

–Tengo cuidado.

–Pues si fuera yo, me habría manchado seguro. Cuando era pequeña mi madre solía ponerme la servilleta alrededor del cuello durante la comida –consciente de lo nerviosa que estaba a causa de su cercanía, se calló cuando él le ofreció un pedazo de melocotón.

–Abre –ordenó él.

Ella obedeció y abrió la boca sin pensárselo. Regan se fijó en que el no dejaba de mirarla y una ola de excitación la invadió por dentro.

«Bésame», pensó. «Por favor, bésame antes de que me muera».

–Alteza –la voz de un hombre los interrumpió.

Tarik entró en la habitación.

–Disculpe –murmuró al ver que había interrumpido algo–. Me pidió que viniera a informarle y… He llamado a la puerta.

–Está bien. No has interrumpido nada importante –se retiró del lado de Regan y se sentó frente a ella–. ¿Qué tienes para mí?

–La agenda del día –Tarik le entregó una hoja–. Ha habido algunos cambios, señor, necesito repasarlos con usted.

Jag se sirvió una taza de café solo y le ofreció la jarra a Regan. Ella negó con la cabeza.

–Está bien, Tarik, dime lo que necesite saber.

El hombre leyó una lista de reuniones matinales a las que Jag tenía que acudir.

–Después de la reunión sobre la reforma de la banca internacional, se supone que ha de inaugurar el polideportivo del colegio, y después hacer un tour por las instalaciones para promover las inversiones en la zona. Por desgracia, hemos tenido que cambiar la hora de la reunión sobre política exterior y medidas antiterrorismo. No puede faltar a ella, así que no hay posibilidad de que pueda hacer ambas cosas.

Jag se sirvió otro café. Regan miró su propia agenda, que consistía en varias sesiones de belleza para prepararse para la cena de esa noche.

–Discúlpenme, no quiero interrumpir, pero ¿hay alguna manera de que pueda ayudarlos?

Ambos hombres la miraron extrañados.

Regan continuó:

–Sin duda, como tu prometida podré hacer algo más aparte de entretener a las esposas de los asistentes.

–¿Qué estás pensando?

–Bueno, soy profesora. ¿Hay posibilidad de que yo haga la visita al colegio para que tú puedas asistir a la otra reunión? Quiero decir, me ofrecería a ir a la reunión de medidas antiterroristas, pero, aparte de decirle a todo el mundo que crea en el amor, no sé qué más podría ofrecer.

Él negó con la cabeza y la miró divertido.

–¿Qué opinas, Tarik? Anoche ya rompí el protocolo. ¿Crees que esto será demasiado?

–No –dijo Tarik–. Quiero decir, si la señorita James fuera realmente su prometida sería aceptable, incluso agradable que se ocupara de algo así. No es necesario que tenga que aportar algo específico. Y su presencia dará credibilidad a su proyecto, teniendo en cuenta que usted no podrá asistir.

–¿Estás segura de que quieres hacerlo, *habiba*? Sabes que, si yo no estoy, toda la atención recaerá sobre ti.

–De todos modos, anoche ya recayó mucha atención sobre mí, como bien sabíamos que pasaría. Tú no puedes estar en dos sitios a la vez, así que, no me importa hacerlo. En serio, no se tarda tanto en ir a la peluquería y hacerse la manicura, y yo no estoy acostumbrada a tener tanto tiempo para mí. No me gusta.

–Si estás segura… Gracias –dijo él con cierta emoción en la mirada–. Tarik te acompañará. Si en algún momento crees que es demasiado para ti, díselo y te traerá de vuelta al palacio.

Jag paseó de un lado a otro de la habitación y miró el reloj por enésima vez en media hora. Regan debería haber regresado hacía una hora. Tarik le había enviado un mensaje diciéndole que estaban de camino. Entonces, ¿por qué se retrasaban?

Cuando estaba a punto de llamar al equipo de seguridad que había enviado con ellos, oyó unos pasos en el pasillo y enseguida supo quién era.

Regan entró en la habitación y Tarik la siguió.

Ambos estaban riéndose y Jag los miró con los ojos entornados.

–¿Ninguno de los dos se ha dado cuenta de la hora que es? Nos esperan para cenar dentro de media hora.

Regan dejó de sonreír inmediatamente.

–Es culpa mía –le aseguró–. Tarik me dijo que debía terminar antes, pero era muy difícil marcharse.

–La señorita James ha estado magnífica, Alteza.

Jag vio que ella hacía una mueca.

–Eso no es cierto. Si alguien es magnífico es este hombre. No puedo creer que tenga setenta años. Ha estado jugando al fútbol con niños de diez.

–Igual que usted, señorita.

–Me alegro de haber llevado zapatos planos –dijo

ella, quitándose la coleta y permitiendo que la melena cayera sobre sus hombros–. Estoy agotada.

–No me servirá de mucho si está agotada, señorita James.

Se hizo un silencio tras sus palabras y Jag se percató de que estaba sufriendo un inesperado ataque de celos por la camaradería que mostraban su ayudante y su prometida temporal.

–No recuerdo que hubiera posibilidad de jugar al fútbol durante el recorrido.

–No la había –dijo ella–. Una vez más, ha sido culpa mía. Estábamos visitando el gimnasio nuevo y las pistas deportivas que, por cierto, son increíbles. Sé que ha sido cosa tuya proporcionar un espacio como ese a los más pequeños, y es un gesto que hay que reconocer. En un momento dado, uno de los niños lanzó la pelota hacia mí y yo se la devolví. Me fijé en que las niñas estaban sentadas en los laterales y las animé para que se unieran al juego. Sin darnos cuenta, estábamos jugando todos.

Tarik lo miraba extrañado y Jag respiró hondo.

–Está bien, Regan, tienes que ir a vestirte para la cena. Tenemos veinticinco minutos antes de que comience.

–Por supuesto –se pasó la mano por el cabello–. Ay, Tarik, si no es mucha molestia, ¿te importa darme por escrito la dirección postal del colegio? Tengo muchas cosas en la cabeza y no quiero olvidarme.

–Por supuesto, señorita.

–Espera –dijo Jag–. ¿Para qué necesitas la dirección postal del colegio?

Regan sonrió.

–No es nada. Le prometí a una de las profesoras que les mandaría algunos materiales de arte porque es la parte del colegio que no está avanzando y es verdaderamente importante.

–¿Disculpa? –a Jag le costaba seguirla.

–El currículum es muy fuerte en matemáticas, ciencias e inglés, y eso puede ser muy limitante , sobre todo para los más pequeños. Necesitan música y arte y mucho tiempo para jugar para que la motivación por aprender no se pierda con el paso de los años.

–El motivo por el que el currículum es así es porque cuando yo entré como rey, el sistema del colegio estaba en un estado pésimo.

–Ya lo he oído. El profesorado y los dignatarios locales te han alabado mucho. Al parecer, hace diez años Santara estaba entre los percentiles más bajos de alfabetización y ahora ha mejorado mucho. En cualquier caso, les he dicho que les mandaría algunos materiales de los que les encantan a mis niños.

Jag negó con la cabeza. Debía estar acostumbrado a las mujeres que sacaban provecho de su posición y pensaba que podían gastarse su dinero. Solo por el hecho de que ella se lo estuviera gastando en niños no hacía que se sintiera más generoso. De hecho, el hecho de que ella fuera como otras mujeres, que no podían esperar para emplear el dinero de un hombre, hizo que hablara con un tono más severo.

–La próxima vez que pienses en abusar de mi generosidad y en gastarte los fondos del palacio, estaría bien que me consultaras primero –la miró fríamente–. Por supuesto, esta vez te concederé dinero para que cumplas tu promesa, pero la próxima vez no lo haré.

El silencio inundó el ambiente y, justo cuando él pensaba que lo tenía todo controlado, Tarik intervino para corregirlo.

–Alteza…

–Tarik, por favor, no.

Sorprendentemente, Tarik hizo lo que Regan le pidió y Jag los miró unos instantes.

–¿Qué pensabas decirme, Tarik?

Antes de que su asistente pudiera hablar, Regan lo miró y dijo:

–Iba a decirte que yo pensaba pagar los materiales con mi dinero.

Volvió el silencio. Jag se pasó la mano por el cabello y dijo:

–¿Cómo es posible que siempre pueda contradecirme, señorita James?

–No lo sé. Quizá sea porque siempre buscas lo peor de la gente.

–Será porque he visto lo peor en la gente –suspiró–. Y no te gastarás tu dinero en los materiales del colegio.

–Pero…

–El palacio proporcionará lo que sea necesario. La educación es de vital importancia para nuestra nación. Haz una lista de lo que necesites y pásasela a Tarik.

–¿De veras? –ella le dedicó una sonrisa que provocó que se le detuviera el corazón–. No sabes lo feliz que me hace oír que un líder mundial habla así sobre la educación. A menudo los gobiernos no invierten en esos temas y es muy frustrante para los que trabajan en ello. ¿También tienes fondos reservados para comprar instrumentos musicales? Por lo que he visto tampoco están muy bien dotados.

–No tientes la suerte, *habiba*. Y solo te quedan quince minutos para vestirte. ¿Debo pedir que retrasen la cena?

–No, no –Regan se dirigió a su habitación–. Dame diez minutos. Y, gracias. Me has hecho muy feliz.

Aturdido por unas emociones que no sabía describir, Jag se sirvió una copa enseguida.

–Todo el mundo estaba encantado con ella, Alteza. Es muy…

–Es temporal –le recordó Jag a Tarik–. ¿O te has olvidado?

–No, Alteza, es solo…

–Creo que te necesitan en otro sitio, Tarik –dijo Jag–. Estoy seguro de que puedo esperar a solas a que regrese mi prometida.

–Por supuesto, Alteza.

Tan pronto como el hombre salió de la habitación Jag se sintió como un cretino. No era culpa de aquel hombre que ella lo tuviera hecho un lío.

¿Y dónde diablos estaba su hermana? Si estaba haciéndole pasar aquello por nada, se pondría furioso.

–Ya estoy –Regan apareció en la habitación en tiempo récord–. Y espero que esté bien. Puesto que tú solo llevas traje y corbata, he optado por algo menos formal que lo de anoche –se pasó las manos por la cintura del mono que llevaba y que acentuaba las curvas de su cuerpo. Apenas se había maquillado y el cabello suelto caía sobre sus hombros–. No me ha dado tiempo a recogerme el cabello –dijo ella–. Si crees que debo hacerlo, puedo…

–Está bien –la interrumpió, consciente de que cuando estaba nerviosa no paraba de hablar–. Estás… Muy elegante.

La química sexual inundó el espacio e hizo que él se acercara a ella.

Ella jugueteó con el anillo de compromiso y Jag tuvo que detenerse para no agarrarle la mano y cubrir con ella cierta parte de su anatomía.

–Vamos –dijo con frustración, y sorprendido por cómo era capaz de excitarlo cuando ni siquiera se lo había propuesto.

–Está bien. Ah, espera –se detuvo junto a él y sonrió–. Con todo lo de antes, me olvidé de preguntarte… ¿Qué tal tu día?

«¿Qué tal mi día?».

Jag se quedó paralizado. No recordaba cuándo había sido la última vez que alguien le había hecho esa pregunta. Normalmente la gente estaba demasiado ocupada contándole sus quejas, o pidiéndole que solucionara sus problemas, como para preguntarle qué tal su día.

Un largo silencio inundó la habitación. ¿Cómo era posible que esa mujer descubriera sus puntos débiles cuando él pensaba que ya los había superado?

–Mi día ha ido bien.

–Lo siento –esbozó una sonrisa–. Te he vuelto a disgustar. Parece que siempre digo lo que no debo.

–No estoy disgustado –comentó él–. Estoy… –respiró hondo–. De hecho, mi día ha ido muy bien.

–Estupendo, entonces los dos hemos tenido un buen día, solo que… ¿Estás seguro de que estás bien? Te has puesto un poco pálido.

No, no todo iba bien. Él estaba luchando contra el instinto de encerrarla allí mismo y tirar la llave en algún lugar donde no pudiera recuperarla.

Recordaba la noche anterior. Su trasero redondeado contra las palmas de su mano, sus brazos alrededor del cuello. La química había sido explosiva, pero él había tenido la suficiente cordura como para retirarse, ya que sabía que, si hacía algo para solucionarlo, se arrepentiría.

Jag sintió un nudo en el estómago mientras el intenso deseo que sentía por ella amenazaba con anular su razonamiento.

Ella tragó saliva, como si hubiera podido detectar sus pensamientos, y lo miró con cautela. Tal y como debía ser, porque no podría conseguir nada bueno cuando él solo podía pensar en lo mucho que la deseaba. Jag ignoró sus emociones que no quería sentir y los deseos que no podía complacer y se centró en las obligaciones que tenía para esa noche.

–Todo está bien –dijo al fin, dirigiéndola hacia la puerta–. No hagamos esperar más al cocinero. Con el sueldo que tiene, no merece la pena.

Capítulo 8

DE PIE en los escalones de la terraza trasera del palacio, Regan suspiró mientras observaba como los últimos delegados que habían asistido a la cumbre subían al helicóptero. Supuestamente, sus obligaciones como acompañante del rey habían terminado y ella se preguntaba por qué no se sentía mejor al respecto.

Durante los dos últimos días apenas había visto a Jaeger. Habían coincidido en los eventos sociales , pero él se había mostrado distante. Al final de las veladas, él le había dado las buenas noches y se había retirado a su despacho para continuar trabajando.

Regan tenía la sensación de que él la había estado evitando. En cualquier caso, pasar tiempo con él solo le daba la sensación de una falsa conexión entre ambos que ella no deseaba sentir.

Se estaba preguntando qué pasaría a partir de ese día, teniendo en cuenta que la hermana de Jag no había regresado con su hermano, cuando él se acercó a ella con una expresión seria.

–Sé que oficialmente la cumbre ha terminado, y que el trato solo se extendía hasta hoy, sin embargo, hoy tienes una obligación más.

–¿Una obligación? ¿Tiene algo que ve con Milena y con Chad? ¿Los has localizado?

El día anterior le habían informado de que era posible que los hubieran visto cinco días antes en una tienda de montaña en Bhutan. Regan se había quedado más tranquilo porque a él le encantaba hacer senderismo también, pero no comprendía por qué, si solo estaban haciendo senderismo, lo habían ocultado tanto.

–No, no tengo información sobre ellos. Es una obligación de trabajo. El presidente de España está pensando en invertir en nuestra infraestructura agrícola. Quiere ver cómo se podría utilizar en su país y yo he organizado un viaje al interior de Santara. Puesto que su esposa nos acompañará, sería extraño si tú te quedaras. Sobre todo, porque me ha dicho que estos días os habéis hecho amigas.

–Sí, es encantadora.

–También me ha dicho que hablas español. ¿Por qué no me dijiste que hablas otro idioma?

–No me lo preguntaste.

–Ahora te lo pregunto. ¿Cómo es que vives en la Costa Este de los EE. UU. y hablas español?

–Mi madre era inmigrante rusa. Hablaba cinco idiomas y, a menudo, los utilizaba en casa. Yo adquirí de ella el gusto por los idiomas.

–¿Eso significa que también hablas ruso?

Regan asintió.

–Y alemán y francés. Aunque mi alemán es muy básico. No me gustaría tener que hablarlo.

–Eres una mujer con talentos ocultos –la miró con admiración–. Estaremos fuera la mayor parte del día. Te sugiero que lleves ropa ligera y holgada. En el interior del país hace mucho calor.

Regan lo observó marchar y, al instante, se sintió decaída. Llevaba varios días viviendo como en una montaña rusa de emociones. Era como si estuviera viviendo la vida de otra persona y sus sentimientos hacia el rey eran extremos. Un instante, no quería volver a verlo, y al otro, deseaba abrazarse a él para siempre.

Regresó a su habitación y eligió unos pantalones beige, una blusa de lino blanca y unas deportivas. Se recogió el cabello en una coleta y esperó a que regresara Jag. Él estaba muy atractivo con unos vaqueros, botas, y una camisa parecida a la de ella.

—¿Te importa si llevo mi cámara?

—Por supuesto que no, mientras no cuelgues fotos en las redes sociales.

—No temas —dijo Regan—. Ya conozco las consecuencias de esa lección.

Él la miró pensativo.

—¿Estar aquí conmigo ha sido tan malo, *habiba*?

Regan pestañeó. ¿Le hacía esa pregunta después de haberla ignorado durante dos días?

Por suerte, se libró de contestar, ya que uno de los guardaespaldas se acercó a decirles que el helicóptero los estaba esperando.

Regan estaba entusiasmada. Nunca había volado en helicóptero y las vistas eran sensacionales. Las dunas doradas del desierto se extendían hasta el valle. En la distancia, las montañas estaban manchadas de pequeñas zonas verdes y los pueblecitos se veían por diferentes partes. Jag estaba sentado frente a ella y la miraba con curiosidad, a la vez que les contaba los aspectos más interesantes del país mediante unos auriculares con micrófono. En un momento dado, él le dio una palmadita en la rodilla para llamar su atención y ella se sobresaltó.

—Una caravana de camellos —le dijo él.

Ella no pudo contener una sonrisa al ver veinte camellos en fila atravesando una duna. Él sonrió también y el momento de conexión fue tan fuerte que era como si solo estuvieran ellos dos en el mundo. Entonces, Isadora, la Primer Dama, hizo algunas preguntas en español y Jag contestó.

Al acercarse al destino, Regan se sorprendió de ver

grandes extensiones de tierras verdes. Jag le explicó que las tierras se regaban con el agua de los arroyos que bajaban de las montañas. Un equipo de ingenieros había diseñado un método revolucionario para almacenar el agua y que no se evaporara bajo el potente sol de aquel país desértico.

Tras el aterrizaje, después de comer, el presidente les preguntó si podían pasar a ver los establos donde Jag tenía los sementales de pura raza.

A Isadora, que no le gustaban los caballos, la llevaron a descansar a la casa principal. Y mientras los hombres visitaban la clínica donde fertilizaban a los caballos, Regan decidió ir a fotografiar a los animales.

–Eres precioso –le dijo a un enorme semental blanco antes de sacarle otra foto–. Ven a decirme hola –le dijo, y el caballo inclinó la cabeza para olisquearle la mano–. Ojalá tuviera una zanahoria para darte –murmuró.

–Prefiere el azúcar.

Al oír la voz de Jag, el caballo levantó las orejas.

–Veo que te has quedado prendado de las suaves caricias de la señorita James –dijo él, sacando un terrón de azúcar del bolsillo.

–Le gusta –dijo Regan, riéndose cuando el caballo le golpeó el hombro para que siguiera acariciándolo–. Eres muy exigente –murmuró ella, y lo acarició de nuevo.

–Como su dueño –dijo Jag.

Regan quería preguntarle por qué le estaba prestando atención otra vez, pero al ver el brillo de sus ojos azules decidió no hacerlo.

–¿Cómo se llama?

–Bariq. Significa relámpago.

–Estoy segura de que es un nombre que va contigo –le dijo ella al caballo.

–No suele confiar en los extraños tan deprisa. Debes conocer bien a los caballos

–Sí –dijo ella. Cuando sus padres vivían solían montar a caballo en familia–. Me encantan los caballos.

–¿Por qué te has puesto triste?

Regan se sintió incómoda al ver que él se había dado cuenta.

–Era el pasatiempo favorito de mis padres. Solían llevarnos a montar a menudo.

Él frunció el ceño y le acarició el puente de la nariz.

–Te han salido un par de pecas nuevas.

–Vaya cambio de tema, Alteza –dijo ella–. Por desgracia, las pecas vienen con el color de pelo.

–Tu pelo es igual de cálido que tu personalidad. Y no me gusta verte triste.

Sin saber qué decir, Regan se concentró en el semental.

–Buenas tardes, Alteza –un mozo de cuadra se aceró a ellos–. ¿Le gustaría que preparara a Bariq para montar?

–¿Te apetece salir a montar conmigo, Regan?

–No he montado desde hace mucho tiempo.

–Supongo, *habiba,* pero no has de preocuparte por nada. Estaré contigo todo el tiempo.

–¿Y qué hay del presidente y su esposa?

–Están tomando un té helado y después se dirigirán al aeropuerto para regresar a Espala. Me he despedido de ellos por ti.

Regan sonrió con timidez.

–Si estás seguro…

–Lo estoy.

Veinte minutos más tarde, Regan se había puesto unos pantalones de montar y una túnica, y esperaba entusiasmada a montar en una yegua que se llamaba Alsukar.

Llevaba más de diez años sin montar, y las tristes imágenes de su familia invadieron su cabeza.

–¿Está bien? –Jaeger tiró de las riendas para controlar al semental que no podía esperar para galopar.

–Sí. Estoy como Bariq. No puedo esperar para salir.

Un mozo de cuadra la ayudó a subirse al caballo y ella agarró las riendas y esbozó una amplia sonrisa.

Jag se acercó a ella y le colocó una tela por la cabeza. Era un *shemagh*.

–Cuando salgamos, agarras este lado y lo enganchas aquí para que te cubra la boca y la nariz.

Al colocarle la tela por la barbilla, le rozó la piel y ella se estremeció.

–Gracias.

Él asintió y se colocó su *shemagh* azul. Atravesaron las dunas de arena y finalmente se detuvieron junto a un bebedero que estaba a las afueras de un pueblo. Ella desmontó del caballo y fue a buscar la cámara que llevaba en las alforjas que cargaba uno de los guardas que los habían acompañado. Embelesada por la belleza de aquel lugar, sacó algunas fotos de los colores y texturas que se veían a su alrededor.

Algunos habitantes se acercaron a ver quién había llegado e hicieron una reverencia para saludarlos.

Jaeger saludó a todos con cercanía y respeto.

Un grupo de hombres locales se acercaron a Jaeger y los dos guardas que los acompañaban se bajaron del caballo y se acercaron al rey.

Regan sacó una foto de los tres hombres y arqueó las cejas al ver que Jag la miraba.

Jag asintió como para decirle que estaba bien.

Contenta, se volvió y vio que dos chicas se acercaban con una bandeja llena de tazas de barro. Hicieron una reverencia y le ofrecieron una de ellas.

Regan aceptó el agua y sonrió.

–*Shukran*.

–*Shukran, shukran* –dijeron las chicas, y se marcharon contentas para ofrecerle un poco de agua a Jaeger.

Él aceptó la taza y se inclinó hacia ellas para agradecérsela. Regan no pudo evitar sonreír y, al ver que él la miraba, se sonrojó. ¿Sería capaz de leer su pensamiento? ¿Sabría cómo estaba disfrutando de estar a su lado? ¿Y lo difícil que le resultaba recordar que solo estaba con él porque Chad y Milena habían desaparecido? ¿O que él pensara que Chad había cometido un delito por haberse marchado con Milena?

Tratando de no pensar en ello, Regan se volvió hacia el desierto y comenzó a hacer fotos de nuevo. Cuando Jag entró en su campo de visión, ella se detuvo. Él se había quitado el *shemagh* del rostro y mostraba su piel bronceada. De pronto, un hombre se acercó a él y le entregó una enorme ave de presa.

El pájaro hizo un ruido a modo de saludo y se agarró al guante de Jag. Una pequeña multitud se acercó a ellos y Jag lanzó el ave al vuelo para que desplegara sus enormes alas. Regan no podía dejar de contemplar como él hombre y el ave trabajaban en equipo.

Como si se hubiera percatado de que ella lo apuntaba con el objetivo, él se volvió y la miró fijamente. Regan disparó de nuevo y capturó el instante. Después bajó la cámara, pero él continuó mirándola, hechizándola con la energía masculina que desprendía su mirada. Era como si ella se hubiera convertido en presa y él en halcón.

El recuerdo de sus dedos acariciándole el cabello mientras la besaba, la humedad de su boca junto a la de ella, provocó que se le entrecortara la respiración. Era fácil imaginar que él se acercaba y la besaba, la sujetaba por la cintura y le decía todo lo que deseaba hacer con ella…

Entonces un hombre susurró algo a Jaeger y el hechizo se rompió. Regan se dio cuenta de que había llegado el momento de regresar. El sol empezaba a ocultarse en el horizonte.

Jag le entregó el halcón al hombre y se acercó a ella.

–Estás colorada, *habiba*. Debería haberte dado un sombrero de ala ancha –la miró–. ¿Qué te ha parecido el paseo? –preguntó, recolocándole el *shemagh*.

–Estupendo –lo miró–. Ha sido maravilloso.

–¿No te ha traído malos recuerdos?

–Al principio, pero hasta hoy no me había dado cuenta de lo mucho que echaba de menos montar a caballo… Gracias.

–Ha sido un placer.

–Ese pájaro…

–¿Arrow?

–Es magnífico.

–Magnífica. La encontré cuando era una cría en un acantilado. Se había caído del nido y no sabía volar. La madre no podía hacer nada por ella y no había manera de que yo pudiera devolverla al nido, así que, la llevé a casa. Hemos sido buenos amigos desde entonces, pero apenas tengo tiempo de sacarla. Hoy quería cazar, pero pensé que no te gustaría verlo.

–¿Qué caza?

–Ratones, liebres, pájaros pequeños.

–¿Arañas?

Jag se rio.

–No te hagas ilusiones, *habiba* –Jag miró a su alrededor–. Estás a salvo –sonrió, y Regan sintió la intimidad del momento, aunque no la había tocado–. Hemos de irnos. Se está haciendo tarde.

–Por supuesto. El sol se está ocultando en el horizonte, y en el desierto hace frío por la noche. O eso he oído.

–Así es. El desierto no es un lugar donde uno quiera quedarse atrapado, ni de día, ni de noche.

–De acuerdo, entonces…

–Señor, su caballo.

Agradecida por la interrupción, Regan se volvió hacia el hombre que había llevado el caballo de Jag.

–¿Y mi yegua?

–Se ha cansado con el paseo, así que la dejaremos aquí y mañana la llevará uno de mis hombres –Jag se subió al caballo y le tendió la mano–. Montarás conmigo.

«De ninguna manera», pensó ella.

–Está bien –sonrió–. Puedo… –miró a su alrededor, como buscando otro medio de transporte.

–Me temo que el tren A que lleva hasta la ciudad ya se ha marchado.

Regan se rio.

–¿Eso era una broma de Nueva York, Alteza?

–Una muy mala –admitió él–. Dame la mano.

Regan lo miró. La idea de montar junto a él la hizo estremecer. Se humedeció los labios y le dio la mano. Allí, en el desierto, donde era libre y salvaje, no se sentía la mujer prudente que era.

Una vez sentada en el caballo, Jag se volvió para ajustarle el *shemagh*. Regan lo miró y percibió su aroma masculino. Era como un afrodisiaco.

–Tendrás que sujetarte fuerte, *habiba*. A Bariq le gusta correr.

Antes de que pudiera contestar, Jag puso el caballo a galopar y Regan no tuvo más remedio que obedecer.

Cinco segundos más tarde, era consciente de cada uno de los músculos abdominales que sentía bajo la palma de su mano. El recuerdo de su torso desnudo la hizo pensar en el sexo, y durante todo el trayecto, no fue capaz de centrarse en otra cosa.

Al llegar al establo, Jag desmontó y estiró los brazos hacia ella. Regan se apoyó en él para bajar y confió en que sus piernas cansadas pudieran sostenerla en pie.

Sin mirarlo a los ojos, por si él era capaz de leer todo lo que ella había pensado durante el camino, se alegró cuando uno de los guardaespaldas se acercó a ello y le entregó un teléfono a Jag.

Regan acarició al semental.

—Cuidado *habiba*, no le acaricies la cabeza —le dijo Jag antes de darse la vuelta—. Se supone que es uno de los caballos más fieros de la tierra, pero parece que eres capaz de hacerlo arrodillar con una sola palabra.

Regan sonrió.

—Parece fiero porque supongo que la gente siempre ha tenido miedo de él, pero necesita oír lo impresionante que es.

Jaeger arqueó una ceja.

—Todos lo necesitamos, ¿no?

Regan hizo una pausa. ¿Era eso lo que Jaeger necesitaba?

—Era Tarik. Me acaba de informar que la tribu de mis antepasados nos ha invitado a una cena de agradecimiento esta noche.

—¿Porque ha terminado la cumbre?

—No, porque he decidido aceptar una esposa.

Ella lo miró asombrada y él soltó una carcajada.

—Tú, *habiba*.

—¡Pero no vamos a casarnos! —dijo ella.

—Para ellos, sí.

—No estoy segura de que sea buena idea que conozca más gente de tu pueblo. No soy tu prometida. Ambos sabemos que estoy aquí porque te estoy utilizando para que Chad no pase el resto de su vida en una mazmorra, y porque tú me estás utilizando para recuperar a Milena.

Él apretó los dientes.

—No tengo mazmorra —contestó.

Antes de que ella pudiera reaccionar, él le sujetó el

rostro y la besó. No era un beso delicado, ni relajado. Era un beso exigente y apasionado, imposible de resistir.

Ella lo rodeó por el cuello y se puso de puntillas para besarlo también.

Él pronunció un gemido y la movió para atraparla entre su cuerpo y la pared del establo. Ella echó la cabeza hacia atrás, y él la besó de nuevo en los labios antes de introducir la lengua de nuevo en su boca.

Ella gimió. Era justo lo que deseaba. Lo que había anhelado desde que él la había besado en la suite con jardín. Sin embargo, terminó tan deprisa como había empezado. Una vez más, él se retiró y la dejó jadeando, vacía y ardiente de deseo.

Jag blasfemó y se dio la vuelta. Al momento, se volvió hacia ella de nuevo, con la respiración acelerada.

—Creo que con esto te he aclarado cualquier equívoco que pudieras tener acerca de que no quería volver a besarte.

Ella pestañeó, asombrada.

Él negó con la cabeza.

—Para bien o para mal, tenemos que asistir a la cena de esta noche. Sería una ofensa no hacerlo, puesto que todavía estamos en la región. Pasaremos la noche en mi oasis y regresaremos al palacio a primera hora de la mañana.

—¿En tu oasis?

—El lugar al que voy cuando quiero relajarme.

Capítulo 9

¿**C**UÁNDO aprendería que besarla no era la manera de no pensar en ella?

Negó con la cabeza y entró en la tienda beduina. Situada al borde de una poza y rodeada de palmeras, normalmente era el lugar donde una sensación de paz se apoderaba de él, después de quitarse la túnica real y conectar con el verdadero hombre que era. Sin embargo, esa noche o fue así.

Se quitó la camisa y se dirigió a la ducha que estaba en la parte trasera. No debería haber permitido que sus palabras lo enojaran. No estaba acostumbrado a que alguien lo cuestionara y no le había gustado que ella le recordara el verdadero motivo de por qué estaban juntos. El viaje de regreso a los establos tampoco había sido buena idea. Cada movimiento que ella había hecho con la mano sobre su vientre musculoso había provocado que él solo pudiera pensar en sexo.

Preguntándose si ella estaría deseando alojarse en un hotel de cinco estrellas, se vistió con un *thawb* de color blanco y un turbante y salió a su encuentro.

El sol estaba muy bajo y el cielo teñido de color malva. Al oír un sonido detrás de él, se volvió y vio a Regan vestida con un colorido *thawb* y un largo tocado. Nada más llegar al pueblo, un grupo de mujeres se había acercado para ofrecerle a la futura reina la vestimenta tradicional. El resultado era espectacular. Estaba completamente cubierta desde la cabeza a los pies, y parecía un regalo esperando a que lo desenvolvieran. A pesar de su tez clara, parecía que hubiera nacido para vivir allí. Para ser suya.

Inquieto por el rumbo de su pensamiento, Jag no se percató de que estaba frunciendo el ceño hasta que Regan arqueó una ceja.

–Les he intentado pedir que pararan de ponerme kohl y henna. Parece que estoy disfrazada para Halloween, ¿no?

–Estás despampanante. Es solo que me había imaginado otra cosa.

–Sea lo que sea, no era agradable. Algo difícil de creer cuando estás en un lugar así –se fijó en el grupo de tiendas y en la laguna azul–. Parece un cuento de hadas.

–¿No prefieres un alojamiento más moderno?

–¿Bromeas? La gente paga fortunas por una experiencia así. No tenia ni idea de que las tiendas tenían alfombras y camas de verdad.

–Estás en la de lujo. Vamos. Hay un corto trayecto hasta el pueblo.

–¿No vamos a ir en camello?

Jag sonrió.

–Hay tradiciones que ya no sigo.

Le sujetó la puerta y, cuando Regan se subió al coche, su tocado se enredó en el brazo de Jag. Cuando él levantó la mano para liberarse, sus dedos rozaron su cabello sedoso y él estuvo a punto de tirarlo todo por la borda, enterrar las manos en su sexy melena y besarla de nuevo.

Momentos más tarde, el coche se detuvo junto a una carpa preparada para la ocasión. En el interior había mesas redondas y bajas rodeadas de cojines, y la música sonaba bajito.

Él observó a Regan mientras saludaba a la gente local, tratando de emplear algo de vocabulario de la zona. Recordaba cómo se le había iluminado el rostro al volar en helicóptero por primera vez, y en el paseo a caballo por el desierto. Él había pensado que odiaría su tierra y, sin embargo, parecía enamorada de ella.

—Alteza, su mesa.

El jefe de la tribu los llevó hasta la parte central de la carpa, donde todo el mundo pudiera verlos.

Ver a la gente sonreír fue como sentir un puñetazo en el estómago. No había pensado mucho en cuánto deseaba que todo aquello fuera real, y comprendía por qué Regan había dudado a la hora de aceptar la invitación. Posiblemente, habrían podido declinarla, pero una vez más, había elegido mantener a aquella mujer a su lado cuando no era necesario.

Frunció el ceño. Lo que era necesario era regresar al palacio y encontrar a Milena, pero antes de que eso sucediera, tenían que pasar la noche allí.

—¿Cómo te sientes? —le preguntó a Regan—. ¿Nerviosa? Debo disculparme porque otra vez eres el centro de atención.

—Estoy bien. Quizá el hecho de que me hicieras ir a tu palacio me ha sentado bien. Estaba un poco recluida en casa, manteniendo mi rutina y no saliendo de mi zona de confort. Mi mundo es muy pequeño comparado con el tuyo. No sé cómo lo haces, teniendo que estar presente a cada momento.

—Ha veces es duro —admitió—. A veces me encuentro con retos y problemas que no tienen fácil respuesta, y es lo que más me cuesta.

Sobre todo, cuando Regan comenzó a hacerle preguntas sobre su relación con sus hermanos. ¿Rafa estaba fuera de Santara porque él no le había ofrecido un puesto en el palacio? ¿Milena había huido con Chad James porque no quería casarse con el otro hombre y no se atrevía a decírselo?

–No siempre hacemos las cosas bien –dijo ella, como leyendo sus pensamientos.

Por suerte, la música empezó a ser más animada y ya no había lugar para la conversación. Algo bueno, porque él había tomado la costumbre de contarle demasiadas cosas a aquella mujer.

Unas bailarinas entraron en la carpa sonriendo y aplaudiendo. Regan decidió que haría todo lo posible por disfrutar de aquella noche, ya que, al fin y al cabo, no tendría muchas otras oportunidades. Le habría gustado no sentirse tan atraída por aquel hombre, pero no había mucho que pudiera hacer al respecto y, saber que él también se sentía atraído por ella, la estaba volviendo loca.

«Me estoy enamorando de él», pensó asustada.

Debió de hacer algún sonido al pensarlo, porque él se volvió rápidamente.

–*Habiba*, ¿qué ocurre?

–Nada.

«No te estás enamorando. Solo deseas a un hombre que besa de maravilla. No eres la primera, y no serás la última, que se imagina que está enamorada de un jeque», pensó y decidió concentrarse en las bailarinas. El baile era provocativo y sensual, pero Regan solo podía concentrarse en el hombre que estaba sentado a su lado.

Lo miró de reojo y, al ver que estaba tenso, se preguntó por qué. De pronto, lo comprendió. Aquel no era un baile normal. Los pañuelos, el contoneo de caderas… Era un baile del amor.

Una de las bailarinas rompió el círculo y Regan contuvo la respiración al ver que se acercaba a una mujer joven y la animaba a unirse a ellas en la improvisada pista.

La mujer sonrió y tímidamente al hombre que estaba sentado a su lado. El público comenzó a aplaudir.

–Por favor, dime que no esperan que yo también me una a ellas –susurró Regan.

Jag la miró y ella supo la respuesta antes de que él contestara.

–Soy pésima bailarina. No tengo nada de coordinación.

–Te olvidas de que te he visto montar a caballo y se que eso no es cierto.

–Montar a caballo no es como bailar. Además, si algo va mal, se puede culpar al caballo.

Jag se rio.

–*Habiba*, yo…

Antes de que terminara la frase, una de las bailarinas se colocó ante ella y comenzó a contonearse. Al instante, otras tres se unieron al baile.

«Oh, cielos. Voy a morirme de vergüenza».

Jag la miró atentamente cuando ella se puso en pie.

–Regan, no tienes que hacerlo si no quieres.

Regan sabía que, si no lo hacía, decepcionaría a los presentes, así que, contestó:

–Estaré bien –murmuró, tratando de mostrar valentía. Siguió a las bailarinas y aceptó el pañuelo rosa que le entregaron.

Al principio, se sentía rígida y patosa, pero poco a poco se dejó llevar por la música sensual y comenzó a moverse de manera desinhibida.

Alzó los brazos y entrelazó los dedos sobre la cabeza, moviendo las caderas al mismo tiempo. La gente aplaudió y ella trató de imitar los movimientos de las otras bailarinas. Cerró los ojos y se entregó al momento.

De pronto, el recuerdo del beso que habían compartido invadió su cabeza. La sensación de sus cuerpos en contacto, su boca devorándola, excitándola… Notó que le temblaban las piernas y cometió el error de abrir los ojos y mirarlo.

Fue como si se hubiera incendiado de golpe. El calor y deseo que mostraba su mirada era algo sobrecogedor. Ella no podía hacer nada más que mirarlo, al mismo tiempo que movía el pañuelo frente a él. En un momento dado, él agarró un extremo y la hizo detener.

–Regan –el tono de su voz era puramente sexual.

–¿Sí?

Al instante, ella comprendió que no había sido una pregunta. Él se puso en pie y la música paró de golpe.

Jag la agarró de la mano y la sacó de la carpa, mientras todo el mundo permanecía en absoluto silencio.

Una vez fuera, el aire fresco no pudo enfriar el ardiente deseo que la invadía por dentro.

Nada más llegar al coche, Jag gesticuló para que el conductor se marchara.

Regan dudó un instante junto a la puerta del copiloto y miró a Jag.

–Necesito saber una cosa… ¿Vas a parar y retirarte de nuevo? –si ocurría una vez más, no creía que pudiera soportarlo.

Él le acarició el rostro y dijo:

–Eso ya lo he probado y no funciona.

Ella se estremeció y sonrió.

–Sube –añadió él.

El coche atravesó el desierto a gran velocidad. Ambos permanecieron todo el camino en silencio y cuando llegaron, él la guio hasta su tienda. Levantó la lona para que ella pudiera entrar y, al oír que se cerraba, ella se paralizó.

Él le sujetó el rostro y la miró. Después, inclinó la cabeza y la besó. Primero, despacio y con delicadeza, después de forma apasionada. Él sabía a vino, a café, y a puro deseo masculino.

Ella susurró su nombre y él la tomó en brazos para llevarla hasta el final de la tienda. Allí la dejó sobre una enorme cama, se quitó la túnica y se quedó con tan solo unos pantalones cortos de algodón que no dejaban espacio para la imaginación.

Al verlo, ella tragó saliva.

—Esta vez no voy a parar, *habiba*, no, a menos que me lo pidas.

Regan notó que su corazón latía con fuerza. Quizá debía decir que no, pero no podía. Tras haber pasado unos días con él y ver cómo era en realidad, decidió que era todo lo que una mujer podía desear encontrar en un hombre. Y lo amaba. Aunque le diera miedo reconocerlo.

—No quiero que pares. Quiero que pase. Te deseo.

Ella sabía que sus palabras tenían un significado más profundo del que él les atribuiría y, de pronto, pensó que quizá no había sido la mejor decisión.

Él la acarició y gesticuló para que se acercara, y ella dejó de preocuparse por ello.

—Entonces, ven aquí, Regan. Deja que te demuestre lo que provocas en mí.

Capítulo 10

JAG NO pudo evitar estremecerse al ver que Regan se levantaba de la cama y se dirigía hacia él. No quería asustarla con la fuerza de su deseo. Deseaba que ella quisiera acercarse a él como una igual. Como una mujer que lo deseaba a pesar de cómo se habían conocido, o de por qué estaban juntos. Quería desnudarla, porque así era como ella lo hacía sentir.

Ella se detuvo y lo miró un instante. Con el velo de seda rodeándole el rostro, estaba preciosa. Él levantó la mano y retiró las horquillas que sujetaban el velo, permitiendo que se deslizara hasta el suelo.

–Date la vuelta –le ordenó.

Ella obedeció en silencio y él le desabrochó la cremallera del *thawb*. No llevaba sujetador y él se excitó al ver su espalda desnuda. Le acarició la columna con un dedo, y se alegró al verla estremecer.

–¿Tienes frío? –preguntó él, separándole el cabello para poder besarla en el cuello.

–No –ella apoyó la cabeza contra su torso y él le retiró la túnica y la dejó caer al suelo.

–Gírate, *ya amar.* Permite que te vea.

Despacio, ella obedeció y se colocó delante de él vestida tan solo con una pieza de ropa interior negra y unas sandalias.

Él había estado con muchas mujeres en su vida. Mujeres que le habían gustado y a las que había admirado, pero nunca había estado con una mujer que le provocara tanto deseo de poseerla y reclamarla como suya.

–Eres preciosa –le dijo, memorizando cada detalle de su cuerpo. Su espalda derecha, sus senos redondeados, la cintura estrecha, sus piernas esbeltas, las caderas… Esas caderas diseñadas para albergar el cuerpo de un hombre–. Perfecta.

Incapaz de contenerse, la abrazó, y gimió al sentir sus pezones turgentes contra su torso.

Ella arqueó el cuerpo y lo agarró por los hombros.

–Bésame, por favor.

Él la devoró. Mostrándole con un beso apasionado todo lo que prometía que haría con su cuerpo.

Ella le acarició los hombros y él llevó las manos a sus senos, para juguetear con sus pezones.

Ella gimió y se arqueó contra él antes de auparse y rodearle la cintura con las piernas.

–*Habiba* –se rio él–. Me alegro de tenerte tan cerca –se inclinó hacia delante y le mordisqueó los pezones. Ella gimió de placer y él deseó complacerla en todo. Durante un rato, se dedicó a devorarle los pezones.

–¡Jaeger! ¡Jag! –Regan se retorció contra él y Jag notó que estaba a punto de llegar al orgasmo. La idea provocó que él se excitara aún más.

–Regan, yo… –blasfemó al dejarla sobre la cama. Sus movimientos eran torpes a causa de que también estaba a punto de perder el control.

Temblando, intentó recuperarse, pero ella le acarició el rostro cuando él se inclinó para besarla.

–Espera –dijo él, cuando ella comenzó a meter los dedos por la cinturilla de su pantalón. Lo estaba llevando al límite y él necesitaba centrarse una pizca. Ella no escuchaba, simplemente lo besaba de manera apasionada.

–No quiero esperar –murmuró Regan contra su cuello–. Te deseo. Y quiero sentirte dentro de mí.

–Si no esperas, esto va a terminar antes de empezar.

–No me importa. Necesito…

Él le agarró las manos y se las sujetó por la cabeza. Con la mano que tenía libre, se desnudó.

–Sé lo que necesitas.

Jag se colocó sobre ella, atrapándola contra el colchón. Regan separó las piernas y arqueó las caderas…

–Maldita sea, Regan, necesito ver si estás… –enseguida supo que sí estaba preparada–. Regan –le separó las piernas con el muslo.

–Sí. Por favor, Jag, hazlo.

Ella lo agarró por las caderas y él la penetró despacio.

Ella gimió y se quedó muy quieta. Él le acarició el cabello y se apoyó sobre los codos.

–¿Estás bien?

Ella asintió.

–Eres fantástico.

Él se movió de nuevo y notó que ella se derretía alrededor de su miembro. Entonces, se quedó quieto.

–El preservativo –¿cómo podía haberse olvidado?

–No lo necesitamos. Estoy tomando la píldora y solo he estado con un hombre. Hace años.

¿Solo un hombre?

–Y confío en ti.

Fueron las últimas palabras las que provocaron que perdiera el control. O quizá la manera en que sus músculos lo rodeaban para que la penetrara más profundamente. Daba igual. Solo le importaba penetrarla una y otra vez hasta que ambos perdieran la noción del tiempo y del espacio.

–¡Jag! –ella se puso tensa cuando él comenzó a moverse rápidamente.

–Ya está, *habiba, ya amar,* así… Sí, solo…

Él notó el instante en que Regan no podía más. Ella

gritó su nombre y se derrumbó entre sus brazos. Entonces, él dejó de pensar porque lo único que notaba era la tensión de los músculos de su entrepierna abrazando su miembro. Jag comenzó a moverse con rapidez, hasta que se perdió en el interior del cuerpo de Regan.

Jag despertó un rato más tarde y se encontró con Regan abrazada a su cuerpo. Tenía una mano sobre su torso y el muslo sobre sus piernas. Él no recordaba cuándo había sido la última vez que había dormido toda la noche con una mujer. Dormir era un lujo del que él disfrutaba a ratos. ¿Era por eso por lo que se había despertado de repente? ¿O era por la mujer desnuda que estaba a su lado y que le había dado más placer de lo que él recordaba haber recibido nunca en la cama?

Se estremeció. Sin duda, lo segundo le gustaba más

Ella debió de percibir sus movimientos, porque se acurrucó más contra él.

Jag sonrió y le retiró un mechón de pelo de la frente. Le encantaba su pelo. El color, su textura… Era como la seda y brillaba bajo el sol.

Él había decidido no despertarla. Ella necesitaba dormir y seguro que estaría algo dolorida por no haber hecho el amor en tanto tiempo.

Solo había tenido un amante antes que él. Jag no sabía que era tan inexperta, pero no le importaba. ¿Alguna mujer se había entregado a él de esa manera? Era como si no le ocultara nada, y eso lo hacía sentir vulnerable. Desnudo, quizá.

Regan se cambió de postura y movió el brazo como si estuviera buscando algo durante el sueño.

¿Sería a él?

Una ola de calor lo invadió por dentro.

Regan había provocado que él comenzara a pensar

en cosas como la pérdida y la nostalgia, el deseo y la necesidad y…

«El corazón sabe lo que el corazón necesita».

De pronto, las palabras de Zumar aparecieron en su cabeza.

¿El corazón?

Aquello no tenía que ver con el corazón. Tenía que ver con el sexo. Un sexo apasionado.

Al oír que ella murmuraba algo en sueños, él le acarició el cabello.

—Está bien, *habiba,* estás soñando.

—¿Jag? —ella abrió los ojos y se incorporó sobre un codo—. ¿Es por la mañana?

—No.

Se miraron. El sentido común le advirtió a Jag que se retirara, que pusiera distancia entre ellos.

—Debería regresar a mi tienda. Seguro que quieres dormir —tragó saliva.

Jag quería decirle que era una buena idea. La mejor idea. Pero no dijo nada porque sabía que no era verdad.

—Es una idea malísima, *habiba* —dijo él, sujetándole las manos por encima de la cabeza—. Sobre todo, cuando tengo planes maravillosos para ti.

Ella suspiró cuando sus cuerpos se unieron de nuevo y, la inseguridad que había en su mirada fue reemplazada por un ardiente deseo. Ella lo besó en los labios y él no se retiró, sino que la besó también.

Le separó las piernas con la rodilla y la penetró con delicadeza.

—¡Oh! —exclamó ella.

Él la besó en la sien, los ojos y en el lado del mentón. Ella gimoteó de placer.

—Eres preciosa, Regan. La mujer mas sexy que he conocido nunca.

—Jag —susurró su nombre contra su cuello y lo abrazó.

Sin avisar, él rodó y la colocó sobre su cuerpo. Le retiró la melena y le acarició los pechos. Ella gimió y echó la cabeza hacia atrás. Jag se incorporó y cubrió uno de sus pezones con la boca. Ella se agarró a sus hombros.

—Me gusta esta postura.

Él se incorporó más todavía, la sujetó por las caderas y comenzaron a moverse al unísono, hasta un lugar que él sabía que nunca había visitado con otra mujer.

Regan presionó el disparador de la cámara y confió en haber capturado el momento en que dos halcones volaban uno al lado del otro.

Al oír pasos a sus espaldas se volvió y vio que Jag estaba en lo alto de una pequeña colina sobre el oasis.

Una semana antes no se habría creído que podía llegar a comportarse de manera tan desinhibida con un hombre en la cama, tan relajada. Había algo en aquel hombre que la hacía sentirse libre y capaz de ser ella misma. Quizá era por su honestidad y deseo de hacer lo correcto.

Durante toda la mañana se había negado a pensar en ello. ¿Qué sentido tenía? Habían compartido una noche de sexo increíble y maravilloso y eso era todo. Sí, él le había pedido que pasara el día con ella en el oasis y ella había aceptado. El hombre deseaba pasar tiempo con ella, pero, desde un principio, había dejado claro su postura acerca de las relaciones y el amor. No obstante, ella pensaba que eso era producto de la relación de unos padres que no se querían.

Aún así, no cambiaba nada.

Sería demasiado arrogante si pensara que ella podía ser la persona que lo hiciera cambiar.

Además, ¿qué significaría si eso sucediera? ¿Que

ella se mudaría a Santara y realmente se convertiría en reina? Sí, eso podía sucederles a algunas personas, pero había una posibilidad muy pequeña.

–¿Puedo verlas?

Él señaló la cámara y ella se la entregó.

–Adelante.

Jag se detuvo en una foto que ella había tomado de él con Arrow en el brazo y en la que aparecía mirándola.

–Quería saber qué estabas pensando cuando la saqué –dijo ella.

Él la miró y ella deseó que él no pudiera leerle la mente. No quería que descubriera que se había enamorado locamente de él.

–No lo recuerdo –él le devolvió la cámara y le recolocó el *shemagh*–. Eres muy buena.

–No hace falta que me lo digas. Ya me has metido en tu cama.

Él soltó una carcajada y la abrazó para darle un beso.

–Nunca sé lo que vas a decir después. Hablaba en serio.

Regan negó con la cabeza. Ella conocía bien sus limitaciones como fotógrafa.

–Lo que demuestra que el rey de Santara no lo sabe todo –sonrió–. No soy Robert Doisneau.

–¿Quién?

–Es un famoso fotógrafo del siglo pasado. De adolescente me encantaba una foto suya de dos amantes besándose en una calle de París. La pareja parece tan enamorada… Era como si no pudieran esperar para regresar a casa y tuvieran que elegir entre besarse en la calle o morir.

De pronto, Regan se percató de por qué pasaba tanto tiempo fotografiando parejas. Era lo que ella temía que no encontraría jamás. Y hacer el amor con el rey de Santara había alimentado ese temor.

—Siempre me ha gustado la idea de llegar a hacer fotos como esa, y también de ir a París. Todavía no ha pasado ninguna de las dos cosas.

—Todavía pueden suceder.

—Lo de París, quizá. Lo de la foto, no. Soy profesora y me gusta mi trabajo. Me gusta motivar a los niños para que aprendan y siempre les saco una foto durante el curso y se la regalo por su cumpleaños. Les encanta. Y no creo que ser fotógrafa profesional me diera tanta satisfacción. Mira, los halcones han vuelto —levantó la cámara y comenzó a fotografiarlos—. ¿Has visto eso? Están bailando.

—No están bailando, *habiba*. Él quiere aparearse con ella. Los halcones tienen una pareja para siempre, y cuando establecen un nido, ya no se van nunca.

—Qué bonito.

Ambos se quedaron contemplando cómo los halcones sobrevolaban la laguna.

Él la sujetó por la cintura y la miró a los ojos.

—Ven a bañarte conmigo.

Mucho más tarde, Regan estaba tumbada con la cabeza apoyada en el regazo de Jag, a la sombra de las palmeras.

Jag sujetaba un pedazo de comida junto a sus labios.

—Pruébalo… Te gustará.

Regan lo miró.

—Tienes que dejar de alimentarme. Se me va a agrandar el estómago.

—Uno más —dijo él—. Ya sabes cómo me gusta darte de comer.

Regan se sonrojó. Aquella tarde habían hecho el

amor dos veces más. Una en la laguna y otra sobre la manta. Él le había hecho sentir cosas maravillosas, pero ella sabía que pronto volvería la realidad.

–¿Qué estás pensando, *habiba*?

–En ti.

Él se movió y se colocó sobre ella.

–¿Algo en concreto?

Ella le acarició el cabello.

–Que no das tanto miedo como yo pensaba al principio.

–Ah, ¿no?

–No. Eres como un felino que se puede domesticar.

–¿De veras? ¿Quieres que te demuestre lo domesticado que estoy?

La intención que había en su mirada era inconfundible.

–¿Estás seguro de que nadie puede vernos?

Él le acarició el pecho y cubrió su pezón con la boca.

–Estoy seguro –la torturó con la lengua–. Te he dicho que nadie puede venir a este lugar.

–Tu paraíso privado –dijo ella, y le acarició el cuerpo.

Él sonrió y la besó en el vientre.

–Creo que así es como te voy a llamar –le separó las piernas para besar la parte interna de su muslo.

Regan se agarró a sus hombros y gimió.

–Mi paraíso privado –repitió, y agachó la cabeza sobre el verdadero paraíso, provocando que ella se preguntara cómo conseguiría olvidarlo.

Una hora más tarde, ella despertó y vio que Jag estaba sentado en una roca contemplando el agua. Lo observó unos instantes y, como siempre, él notó su mirada y se volvió. Sus miradas se encontraron y la intimidad del momento superó a la de aquellos momentos en que habían hecho el amor. Ella se sonrojó, preguntándose qué estaría pensando él. Sin duda, la deseaba, y ella estaba decidida a disfrutarlo mientras durara.

Él le tendió la mano y ella sonrió. Siempre la hacía sentir como si fuera lo más importante del mundo para él.

Regan se cubrió los senos con el pareo y se acercó a él. Jag la giró y la abrazó por la espalda, inclinó el rostro sobre su cabello e inhaló su aroma. Ella se giró para besarlo, justo cuando comenzó a sonar el teléfono de Jag.

Haciendo una mueca, Jag sacó el teléfono y contestó. Regan lo oyó hablar en su idioma y notó que se ponía muy tenso.

Despacio, él se separó de ella y caminó por la arena. Al instante, Regan supo lo que había pasado. Su mirada se había vuelto de hielo, cuando antes solo mostraba calor y deseo.

—Han regresado, ¿verdad?

Él asintió.

—Hora de vestirse.

Capítulo 11

EL VUELO en helicóptero lo hicieron en silencio. Ambos estaban sumidos en sus pensamientos y ninguno deseaba compartirlos. Era como si el amante con el que ella había pasado el día se hubiera desvanecido y el hombre frío que había conocido en el bar lo hubiera sustituido.

Regan sentía que el miedo se había apoderado de ella. Por un lado, quería que Chad estuviera bien y, por otro, le preocupaba el impacto que su regreso tendría sobre el hombre que estaba a su lado. Se preguntaba si Jag recordaría el trato que habían hecho. Estaba segura de que lo cumpliría.

El piloto aterrizó en el helipuerto y Jag bajó de un salto antes de girarse para ayudar a Regan y decirle que se agachara bajo las hélices.

Se dirigió hacia el palacio y Regan experimentó lo que se sentía caminando dos pasos por detrás de él. O cuatro. Acelerando el paso, apenas se fijó en que el aroma de las magnolias invadía el ambiente.

Jag abrió las puertas que estaban al final de un largo pasillo, se dirigió directamente hasta su hermana y la abrazó.

Permaneció abrazado a ella un largo rato. Regan notó que se le formaba un nudo en la garganta y decidió mirar al otro ocupante de la sala.

—Chad. He estado muy preocupada.

Chad la abrazó.

–Yo también.

Al ver que Jag miraba a su hermano, Regan notó que se le erizaba el vello de la nuca.

–Tendrás que contestar muchas preguntas –dijo Jag muy serio.

–No –Milena lo agarró del brazo–. No culpes a Chad. Fue idea mía.

–¿Qué es lo que ha sido idea tuya?

–Es una larga historia –dijo Milena–. Y siento haberte preocupado. Sé que no hice lo correcto, pero me daba la sensación de que no tenía elección. Aunque primero…. Estás comprometido –miró a Regan–. ¿No es cierto? Chad dijo que no era posible, pero tú llevas el recuerdo más bonito de la familia, así que debe ser cierto.

Regan miró el precioso anillo que llevaba en el dedo y miró a Jag. Su mirada era completamente inexpresiva.

–¿Regan? –Chad le miró la mano–. ¿Cómo es posible?

Regan negó con la cabeza.

–Hay cosas más importantes de las que hablar –interrumpió Jag con frialdad–. Por ejemplo, ¿dónde habéis estado?

Milena se puso pálida al ver que su hermano estaba furioso.

–Creo que primero debemos tranquilizarnos –sugirió Regan–. Ambos están sanos y salvos. Eso es lo más importante.

Además de quitarse el anillo y devolverlo.

–Mantente al margen de esto, Regan. No influirás en mi manera de tratar este tema

–Creo que no debería hablar así a mi hermana –intervino Chad.

–No me interesa lo que creas –dijo Jag–. Tienes suerte

de que esté aquí. Si no estuviera, tú ya estarías en la cárcel.

—¡Jag! –exclamó Milena.

—Será mejor que empecéis a hablar. Y si de algún modo has hecho que mi hermana corra algún riesgo, Chad, no volverás a pisar el suelo de Santara.

—¡Igual que usted ha puesto en riesgo a la mía!

—¡Chad! –Regan lo miró–. No tienes ni idea de lo que estás hablando.

—¿No? Es evidente que hay algo entre vosotros. Lo sé por la manera en que te mira.

—Lo que haya pasado entre Regan y yo no es asunto tuyo –dijo Jag–. Lo que ha pasado entre Milena y tú, sí.

—Eso es su opinión, Alteza. Dudo que mi hermana estuviera aquí por propia voluntad.

—Basta, Chad –suplicó Regan–. Has estado fuera dos semanas. Por supuesto que el rey quiere respuestas. Y yo también.

—Me siento fatal –murmuró Milena–. Todo es culpa mía. Por favor, Jag, Chad no tiene la culpa de nada. Siento si he creado un gran lío, Jag, pero no podía casarme el mes que viene sin tener algo de tiempo para mí.

—¿Lo has hecho para tener tiempo para ti?

—No. No solo por eso –Milena miró a Chad–. Quería sentirme normal por una vez. Sin guardaespaldas, sin fotógrafos, sin tener que ser educada todo el tiempo. Sé que no lo comprendes, pero a veces creo que no sé quién soy.

—Milena…

—No, deja que termine –dijo ella–. Chad y yo nos hemos hecho muy amigos durante los últimos meses y, cuando le conté mi plan de tomarme unas vacaciones secretas, insistió en que me acompañaría para que no me pasara nada –sonrió a Chad–. Sabía que sería un error, pero también pensé que si sabías que estaba con un amigo te preocuparías menos. Solo que esperaba que descubrieras que era un chico cuando regresáramos.

Jag la miró en silencio y Milena continuó hablando.

—Por favor, no culpes a Chad. Si acaso, debías darle las gracias por haber ido conmigo. ¡Yo ni siquiera sabía comprar un billete de tren!

—Le daría las gracias si hubiera venido a contarme tu plan, en lugar de ayudarte. ¿Tienes idea de lo que habría pasado si alguien se hubiera enterado de tu desaparición? ¿El príncipe de Toran? Tenemos suerte de que espere que Santara se ocupe de todos los detalles de la boda. Si te hubiese llamado alguna vez…

—Sabía que no lo haría.

—Eso no importa —Jag miró al hermano de Regan—. Dime, ¿cómo de amigos os habéis vuelto?

—No tanto como usted y mi hermana.

—Chad, por favor —lo regañó Regan—. No empeores las cosas.

—¿Por qué van a empeorar porque diga lo evidente? He estado sin acceso a Internet toda la semana pasada y cuando me conecté, casi me da algo al ver vuestras fotos. Sales en todas las noticias ¿te das cuenta?

Ella tampoco había tenido acceso a Internet y no lo había visto.

—Estoy segura de que no es nada.

—¿Nada? Pregúntale al rey.

Regan miró a Jag y supo que él sabía lo lejos que había llegado ese asunto.

—Chad, no tiene importancia. Acepté hacerlo porque queríamos que regresarais a Santara.

—¿Qué aceptaste? ¿Comprometerte con él? No puede ser cierto. Por favor, dime que no te has acostado con él por eso también.

–¡Chad!

–¿Cómo ha podido meter en esto a mi hermana? Ella no tenía nada que ver en esto –le espetó al rey.

–Creo que no tiene derecho a cuestionarme –repuso Jag.

–Vine a buscarte a Santara, Chad –intervino Regan–. Nadie me obligó a hacerlo.

–¿Por qué? Te envié un mail diciéndote que no estaría localizable.

Regan entornó los ojos.

–La última vez que me dijiste que no me preocupara, recibí una llamada de la policía para que fuera a sacarte.

–¡Tenía dieciséis años! Y esto es completamente diferente.

–Sí –intervino Jag–, es mucho peor. Y deberías estar dándole las gracias a tu hermana en lugar de regañándola. Si ella no estuviera aquí saldrías mucho peor parado.

–No creo…

Jag se inclinó sobre él.

–No, no crees…

–Chad, por favor, solo conseguirás empeorar las cosas. Ha sido culpa mía –dijo Milena.

–No es culpa tuya –le corrigió Chad–. Es culpa de que vives bajo la autoridad de tu hermano, quien nunca toma en consideración las necesidades de otros.

–Basta –Regan dio un paso adelante–. Jag no es así, y está claro que no sois conscientes de lo preocupados que hemos estado.

–Dime –Jag lo fulminó con la mirada–. ¿Te has aprovechado de mi hermana?

–Jag… –suspiró Milena.

–Silencio. Estás comprometida con un hombre importante. Si te has acostado con Chad James, necesito saberlo.

–No lo ha hecho –repuso Chad–. Su hermana es una bella persona y yo nunca me aprovecharía de ella.

Regan oyó cómo hablaba de Milena y se preguntó si estaría enamorado de ella.

–No hemos hecho nada, Jag –dijo Milena–. Chad ha sido todo un caballero. Si vas a estar enfadado, enfádate conmigo.

–No te preocupes. Estoy furioso contigo.

–Lo siento –dijo Milena, con lágrimas en los ojos–. Estaba desesperada y sabía que me dirías que no, si te lo preguntaba.

–¿Quién más sabe lo que ha pasado?

–Solo Chad.

Jag asintió.

–Parecéis agotados. Hablaremos por la mañana. Señor James, no se marchará del palacio hasta que esta situación quede oficialmente resuelta.

–¿Qué vas a hacer con él? –preguntó Milena.

–No es asunto tuyo.

Milena cerró los puños.

–Maldita sea, Jag, a veces me pregunto si ya no eres humano.

–¡Milena!

Su tono de voz la dejó paralizada. Ella no volvió a mirarlo.

–Pido permiso para retirarme, Alteza.

Jag tragó saliva.

–Marchaos. Hablaremos por la mañana.

–No piense que voy a irme de aquí sin mi hermana.

Jag esbozó una sonrisa.

–No esperaba menos –se volvió hacia Regan–. Ahora es cuando me vas a decir: *Te lo dije*.

–No quiero decir eso –dijo ella, con un nudo en la garganta.

Quería decirle que lo amaba, que deseaba estar con él, que comprendía su enfado y que quería ser ella quien lo calmara, pero como sabía que él no deseaba lo mismo, se quedó en silencio.

–Te lo agradezco. Ha llegado el momento de pedirte disculpas.

–No quiero tus disculpas –susurró ella, deseando recuperar al amante con el que había estado en el oasis. Era como si Jag se hubiera vuelto otra persona.

–Señor James, sígame.

¿Regresaría con ella después de hablar con Chad?

Por supuesto que no. El motivo por el que ella estaba allí se había solucionado. La hermana de Jag estaba a salvo y la cumbre había terminado.

Ella se estremeció. Debía admitirlo. Aunque no supiera cómo hacerlo. Estaba enamorada de él. Y siempre había temido enamorarse de alguien que no le correspondiera. Le entraron ganas de llorar, pero se contuvo.

Una hora más tarde, alguien llamó a la puerta de la suite con jardín y ella pensó que era Chad.

Era Tarik. Él la miró y le entregó un documento.

Regan lo leyó. Era una nota de prensa que decía que su compromiso con el rey se había roto. Simplemente decía que después de pensarlo bien, ella había decidido regresar a su país.

–Si está de acuerdo con lo que pone, señora, el rey me ha pedido que lo firme.

Regan asintió.

–Que rápido ha sido.

Tarik le entregó un bolígrafo.

–A Su Alteza le gusta trabajar así.

–Lo sé –dijo ella, acercándose a una mesa para firmar.

–Su Alteza también le ha dado una compensación por las inconveniencias, pero ha dicho que si no era suficiente que diga usted el precio.

–Su Alteza está contento de verme marchar –dijo ella, preguntándose si volvería a comprometerse con la princesa Alexa–. ¿Y Chad?

–Chad está aquí –dijo desde la puerta.

–¡Oh, Chad!

Él entró en la habitación y ella corrió hacia sus brazos.

–Los dejaré a solas –dijo Tarik– Si necesita algo, hágamelo saber.

–Espera, Tarik –se quitó el anillo del dedo–. Por favor, devuélvaselo a Su Alteza.

–El rey dijo que podía quedárselo.

–No. No es para mí.

–Como desee.

–Gracias –sonrió–. Ha sido un placer conocerlo.

Tarik sonrió e hizo una reverencia.

–Guau –dijo Chad–. Esto es complicado.

–¿Qué esperabas? ¿De veras creías que podías marcharte con Milena y que no habría consecuencias?

Chad suspiró.

–Supongo que no pensé en las consecuencias. Milenas es una princesa. Si acaso, pensé que cuando regresara todo iría con normalidad.

–Te equivocaste.

–Oh, Reggie. Veo que estás disgustada. Siento haberte metido en todo esto.

–Estoy bien.

–No, no lo estás. Pareces a punto de llorar –sonrió–. Lo siento de veras. No tenía ni idea de que vendrías a Santara a buscarme.

–Debería haberme quedado en casa, pero… ¿Qué tal tu conversación con el rey?

–Más o menos me ha echado en cara todo lo que he hecho.

–No me extraña. Estaba muy preocupado por su hermana. Ha sido una gran irresponsabilidad por vuestra parte.

–No me lo pareció en su momento, pero no ha sido tanto sobre Milena, sino sobre ti.

–¿Sobre mí?

–Sí, me ha echado la bronca por asustarte de esa manera. Y me ha dicho que debería cuidar mejor de ti.

–Oh… –ella respiró hondo–. Si lo conoces, te das cuenta de que es una persona decente –«Y divertida. Sexy. Fuerte», pensó ella–. ¿Y qué pasará contigo?

–El rey Jaeger ha ordenado que puedo seguir trabajando para GeoTech si lo deseo, pero que no podré volver a tener contacto con la princesa nunca más.

Regan percibió algo en su tono de voz.

–Estás enamorado de ella, ¿verdad?

–¿Enamorado? –Chad la miró asombrado–. Por supuesto que no estoy enamorado de ella. Solo somos amigos. Bueno, ella es una gran persona… Aunque me recordaba a mí con esa edad. Cuando no estaba seguro de mi lugar en el mundo. Me sentí mal porque ella no tuviera a nadie que la apoyara en la vida, igual que yo te tuve a ti, y decidí ser yo quien lo hiciera. Ahora me preocupas más tú –le agarró las manos–. ¿El rey te ha hecho daño de alguna manera? ¿Te ha forzado? Porque si lo ha hecho…

–No me ha forzado, Chad –le apretó las manos antes de dirigirse a las ventanas–. No como tú crees. Estaba muy preocupado por su hermana. Es posible que yo hubiese hecho lo mismo si hubiera sido al revés.

–Estás enamorada de él, ¿verdad?

–¿Es tan evidente?

–Oh, Reggie. ¿Qué vas a hacer?

–Nada. No hay nada que pueda hacer. Ha dejado claro que quiere que me vaya, así que, volveré a casa.

–¿Le has dicho lo que sientes?

–No –Regan negó con al cabeza–. Créeme, Chad, si el rey Jaeger quisiera que me quedara con él, lo habría dicho.

–Hay un coche esperándome para regresar a mi apartamento, ¿quieres venir conmigo?

–Por supuesto. No tengo otro sitio donde ir.

–Y el rey… ¿Al menos vas a despedirte de él?

Regan sabía que no podría hacerlo.

–Sabe donde estoy, Chad, y sabrá que me he ido contigo. Prolongar lo inevitable no cambiará nada –de hecho, solo serviría para que se sintiera peor.

Capítulo 12

JAEGER miró el informe que decía que la cumbre había sido un éxito y tuvo que forzarse para mostrar su entusiasmo. Desde que Regan se había marchado hacía una semana, tenía que esforzarse para todo.

Cada día era como una prueba de resistencia.

Recordaba el día que lo habían llamado para decir que su padre había tenido un accidente. Lo primero que hizo fue asegurarse de que Milena estuviera bien atendida. Después, se había reunido con el gabinete de ministros para tratar de decidir el rumbo del país. Había sido todo un aprendizaje, y Regan tenía razón al decir que no había podido pasar el duelo como debía. Tenía un importante trabajo que hacer y lo había hecho lo mejor posible.

Él siempre había pensado que esa había sido la prueba más dura de su vida, pero no había sido nada comparado con ver a Regan meterse en el coche con su hermano sin siquiera mirar atrás.

¿Y qué esperaba? La había obligado a ir al palacio y la había retenido allí. Después la había obligado a asistir a la cumbre internacional como su acompañante, y al oasis…

Sin embargo, sabía que no la había obligado a nada la noche después de la cena de celebración que habían preparado los hombres de su tribu. Sabía que ella se había entregado a él de forma voluntaria.

¿Y qué sentido tenía recordar todo aquello? Ella había regresado a Nueva York. A su vida normal. Igual que él…

Llamaron a la puerta e interrumpieron el rumbo de sus pensamientos.

Tarik entró con cara de preocupación.

—Creía que habías terminado por hoy —le dijo a su asistente.

—Casi, Alteza.

—¿Has visto a Milena?

—Sí. Ella está bien. La prueba del vestido ha ido muy bien.

Eso lo sorprendió. No estaba seguro de si su hermana quería casarse de verdad con el príncipe de Toran. Ella no había dicho nada. De hecho, apenas había hablado con él ya que seguía enfadada porque le hubiera prohibido ver a Chad James.

—Bien. Entonces, ¿por qué tienes esa cara?

—El departamento de Relaciones Públicas esta preguntando por la nota de prensa acerca de la ruptura de su compromiso.

—¿Qué quieren saber?

—Les gustaría saber cuándo piensa enviársela a los medios.

—Cuando esté preparado. Todavía no estoy satisfecho con el texto.

—¿No, señor?

—No quiero que tenga consecuencias para la señorita James. Quiero que toda la responsabilidad caiga sobre mis hombros, no sobre ella.

—Es admirable, Alteza, pero un poco tarde para eso.

—¿De qué estás hablando?

—La prensa lleva acosando a la señorita James desde su regreso a los EE. UU.. Pensé que, al publicar la ruptura del compromiso, quizá la dejarían tranquila.

–Qué quieres decir con que la están acosando. Me ocupé de que Regan tuviera todo tipo de seguridad durante su viaje de regreso en el avión privado, precisamente para evitar a la prensa.

–La señorita James tomó un vuelo comercial, señor.

–¿Por qué nadie me ha informado de esto?

–Porque los empleados tienen miedo de mencionar su nombre delante de usted, Alteza.

–Tú, no.

–De hecho, yo… Después de devolverle el anillo, no me he atrevido a decir nada más, pero si no le importa que le pregunte… ¿Por qué la dejó marchar? Me parecía perfecta para usted.

¿Que por qué la había dejado marchar?

Porque no había tenido más elección. Él la había tratado de manera injusta. Una mujer a la que había llegado a respetar más que a nadie. Una mujer que…

«El corazón sabe lo que el corazón necesita», recordó cuando las emociones lo desbordaron.

¿Era posible? ¿Se había enamorado de Regan? La razón le decía que no había pasado tiempo suficiente con ella para que eso sucediera, pero su corazón no escuchaba.

–Por miedo –le dijo a su asistente. Agarró la chaqueta de la percha y salió de su despacho–. Solo por miedo.

–¿Todavía están fuera?

–¿Fuera? –Penny se volvió hacia Regan–. Están por todos lados. Fuera, en la calle y en los árboles. Creo que hoy hay más que ayer.

Regan suspiró.

–Confiaba en que ya empezaran a perder el interés.

–Esto es ridículo, Regan –soltó Penny–. Tienes que

hacer algo al respecto. Te persiguen como si fueras un animal. Es terrible.

–Lo sé, pero ¿qué puedo hacer? Les he dicho que ya no tengo relación con el rey, pero no me creen.

–En cuanto una se hace amante del rey, se convierte en famosa.

–Ya lo ves. Y yo no era su amante.

–Dijiste que te habías acostado con él.

–Una noche. Eso no me convierte en su amante.

–Sabes que te sonrojas cada vez que hablas de él, ¿no? ¿El sexo fue bueno?

Regan se sonrojó todavía más.

–No me contestes –suspiró Penny–. Algún día me gustaría probar sexo del bueno. Aunque solo fuera por una noche.

–No creo. Estoy tratando de olvidarme de él… Y creo que lo estoy consiguiendo. Supongo que aceptar fingir que era su prometida fue un gesto ingenuo por mi parte –admitió Regan–. Pensé que tendría menos consecuencias.

–Eso es porque es la historia del siglo y todo el mundo quiere que sea verdad –bebió un trago de café–. ¿Qué ha pasado con la nota de prensa que firmaste?

–No lo sé. La habrá publicado en la prensa local.

–¿Has vuelto a mirar en Internet? O podrías llamar al palacio y preguntar. Regan, tienes derecho a vivir tu vida sin que te acosen. Dame el número. Llamaré yo. No van a ponerme con el rey…

–Penny, te adoro por querer ayudarme, pero no creo que sirva para nada.

Llamaron a la puerta y ambas se volvieron.

–¿Cómo han subido? Hay una puerta de seguridad en la entrada.

–Quizá les ha dejado entrar un vecino –susurró Regan.

Penny se asomó por la ventana.

—No abras la puerta. No veo a un solo fotógrafo en la calle, así que, deben estar todos en la puerta.

—¿Qué voy a hacer?

—¡Regan! Sé que estás ahí. Abre la puerta.

Regan se quedó paralizada.

—Sea quien sea tiene una voz atractiva —dijo Penny.

—Es él.

—¿Quién?

—El rey —susurró Regan.

—¿Estás segura?

—¡Regan!

—Conozco bien su voz.

—Madre mía… ¿Qué crees que quiere?

—No tengo ni idea.

—Regan, por favor, abre la puerta.

—Te lo ha pedido por favor. ¿Quieres que vaya?

—Iré yo.

Regan abrió la puerta y se quedó paralizada.

—Tienes suerte de haber abierto. Me disponía a tirarla abajo.

—¿Por qué?

—Pensé que te había pasado algo. No has contestado ni una sola llamada de las que te he hecho en las últimas diez horas.

—He dejado de llevar el teléfono encima. No para de sonar.

—¿Sabes lo peligroso que es eso?

—Solo desde que voy de casa al trabajo y al revés. Lo demás es imposible.

—Eso es porque no aceptase el equipo de seguridad que organicé para ti.

—No eres responsable de mí.

—¿No pensaste que esto podría pasar? ¿Qué los paparazzi querrían tu historia?

–No. Ya te dije que mi mundo era mucho más redu-
cido que el tuyo. No sabía qué esperar hasta que llegue
aquí y…

–¡Deberías haberme llamado!

–No estaba segura de que contestaras la llamada.
Escucha, estoy bien. Te agradezco tu preocupación,
pero puedo arreglármelas.

Él la miró de arriba abajo.

–Sé que puedes arreglártelas. Eres la mujer más
fuerte que he conocido nunca –le acarició el cabello.
No vamos a hablar aquí Regan –se metió en el apartamento y Regan no pudo evitarlo.

–¿Quién eres tú? –preguntó él al ver a Penny en el
salón.

–Yo… Me llamo Penny. Soy amiga de Regan.

–Bueno, Penny. Soy el rey Jaeger de Santara, el prometido de Regan, y me gustaría hablar a solas con ella.

–Por supuesto. Siempre y cuando a Regan le parezca bien.

Regan estaba tratando de asimilar sus palabras.

–Ya no eres mi prometido.

–Sí lo soy. Todavía no he hecho oficial nuestra ruptura.

–Te devolví el anillo y Milena está en casa. El trato
acababa ahí.

–Estoy cambiando las condiciones.

–No puedes hacer eso.

–¿Puedes darle permiso a tu amiga para que se
vaya? A menos que quieras público durante el resto de
la conversación.

–Lo siento. Penny, estoy bien. Él no me hará daño.

–Te llamaré –le prometió Penny, antes de salir.

Cuando se cerró la puerta, Regan tuvo que colocar la
mano sobre su pecho para contener sus emociones.

–Mira, sé que te sientes responsable por los paparazzi, pero no sé cómo puedes arreglarlo. No quiero tener que ir por ahí con los guardas de seguridad. Solo empeorará las cosas. ¿Se ha publicado la nota de prensa? Penny cree que eso ayudaría. Incluso a pesar de que ya no llevo el anillo, no se creen que no estamos juntos.

—No he publicado la nota de prensa —dijo él.

—¿Por qué no? ¿Y qué querías decir con que estás cambiando las condiciones del trato? ¿Para qué?

—Porque me equivoqué, y no me resulta fácil admitirlo. Tenías razón cuando dijiste que Milena no quería casarse con el príncipe de Toran. Al menos, todavía. Te alegrará saber que he hablado con ella y que la boda se ha pospuesto un año. También he aceptado que pueda seguir trabajando con tu hermano.

—Eres muy amable, pero sabes que no eres responsable de los actos de Milena, ¿verdad?

—No del todo, pero desde que se puso enferma, dejé de escuchar sus necesidades y empecé a pensar que yo sabía más que ella. Un error que no quiero cometer contigo.

—¿Cómo podías cometerlo conmigo?

—Presuponiendo que quieres lo mismo que yo .

—¿Y qué es lo que quieres?

—A ti.

—¿A mí?

Él sonrió.

—Cuando te marchaste, *habiba*, te llevaste una parte de mí. Una parte que ni siquiera sabía que existía.

—¿Qué me llevé?

—Mi corazón.

—¿Qué estás diciendo?

Él suspiró.

—Estoy diciendo que te quiero.

—Eso es imposible.

—¿Lo dudas? Te retuve a mi lado para que hicieras

de mi prometida.

–Por tu hermana.

–Eso me decía yo al principio, pero lo cierto es que me sentí atraído por ti desde el momento en que te vi en el *shisha bar*, y cada decisión que tomé a partir de entonces, se enfrentaba a la lógica y a la razón. Eso debería haber sido mi primera pista.

Regan estaba mareada.

–Si tú no crees en el amor.

–Eso no es exactamente verdad, *ya amar* –sonrió él–. Sí creo en él. Solo pensaba que no lo necesitaba –le agarró las manos–. Se me da muy mal esto de las emociones, Regan. Siempre me ha resultado más fácil no exponerme. Así no podían hacerme daño. Pensaba que eso me hacía más fuerte. Hace mucho tiempo me convencí de que no necesitaba el amor, pero me equivoqué. Me he dado cuenta cuando te perdí.

–No me has perdido. Solo me marché porque pensé que no me querías.

–No he dejado de quererte.

–Entonces, ¿por qué siempre te resultaba más sencillo escapar de mí?

–Porque es lo que sabía hacer. Ya me he cansado de ello. Era lo que mis padres hicieron durante toda su vida. Ahora quiero hacer lo contrario. Enfrentarme a las cosas. Ser abierto Estar enamorado. Tenerte a mi lado.

–¿De veras? –Regan preguntó con una sonrisa.

–Sí. ¿Me aceptarás, *habiba*?

–Solo si tú me aceptas, con mis defectos y todo.

–No tienes ningún defecto.

–Ahora sé que de verdad me quieres, porque tengo montones.

Jag la tomó entre sus brazos y la besó de forma apasionada.

–Te he echado de menos, *habiba*. Dime que tú a mí

también.

—Oh, Jag, yo también —una ola de felicidad la invadió por dentro—. De veras.

—Regan, *ya amar*... Te quiero.

—No puedo creerlo.

—Créelo, *habiba*. ¿Recuerdas la foto que me sacaste en el desierto con Arrow?

—Sí.

—Me preguntaste qué estaba pensando cuando la sacaste y te dije que no lo recordaba. Pregúntamelo otra vez.

—¿Qué pensabas?

—Pensaba en lo feliz que era estando en el desierto contigo. No recordaba haber sido más feliz en mi vida.

—Yo estaba pensando lo mismo. Estabas magnífico, y no podía dejar de mirarte.

Jag la besó y la abrazó con fuerza.

—Quiero estar contigo para siempre, *habiba*. ¿Puedes concederme mi deseo? ¿Aunque eso signifique que serás el centro de atención todos los días?

—Jag, puedo darte todo siempre y cuando sea el centro de tu atención.

—*Habiba*, lo eres. Eres el centro de mi mundo.

Epílogo

MILENA se colocó detrás de Regan y le ajustó la cola del vestido de novia.

—Estás preciosa –murmuró.

Regan sonrió.

—Gracias. Estoy muy nerviosa y no sé por qué.

—Es normal, pero no has de preocuparte por mi hermano. Lo has transformado. Nunca lo he visto tan feliz.

—A mí también me hace feliz. Estos tres meses que he estado con él he sido más feliz que nunca.

Más de lo que jamás habría imaginado. Durante muchos años había dejado a un lado sus necesidades y estar con Jag la había hecho florecer. Ella miró el brazalete de oro que él le había regalado. El joyero le había incrustado una foto de sus padres en el día de su boda. Ella acarició la foto y dijo:

—Gracias –murmuró–. Por quererme y por enseñarme a querer.

Las lágrimas se agolparon en sus ojos. Jag le había pedido paciencia porque no sabía cómo demostrar sus sentimientos, pero le había dicho que la quería y ella lo notaba en su mirada cada momento.

—Eres como la hermana que nunca tuve y quiero que sepas que tú eres el motivo por el que mi hermano permite que vaya a estudiar a Londres este año –dijo Milena.

—Siempre serás su hermana pequeña, y él siempre se preocupará por ti. Creo que haces lo correcto.

–Yo también. Y no puedo creer que el Príncipe de la Corona siga dispuesto a casarse conmigo después de posponer la boda. Quiero tener lo mismo que tú y mi hermano tenéis y no voy a conformarme con menos.

–Me alegro por ti. Prometo que la espera merece la pena –dijo Regan.

Penny asomó la cabeza en la sala.

–Será mejor que salgas de aquí, Reggie. El rey no va a esperar para siempre. Parece que va a venir para sacarte hasta el altar de un momento a otro.

Regan sonrió.

–¿Dónde está Chad?

–Esperando.

Regan salió y se detuvo en la alfombra roja. Los asistentes se quedaron boquiabiertos al verla. Chad dio un paso adelante.

–Estás preciosa, hermanita –le dijo con un brillo en la mirada.

–Te quiero. Lo sabes, ¿verdad?

–Yo también te quiero. Ahora vamos antes de que tu posesivo esposo me acuse de retrasar la ceremonia.

Regan se rio y lo agarró del brazo.

–Vamos –dijo ella, y se giró para mirar al hombre de sus sueños, que la esperaba con impaciencia al final del pasillo.

**Los millonarios no se casaban
con camareras… ¿O sí?**

MÁS QUE
UN SECRETO

Kate Hewitt

Maisie Dobson, una joven estudiante que trabajaba como camarera, se disponía a atender una mesa cuando se quedó horrorizada ante la intensa mirada de Antonio Rossi, el implacable millonario que era, sin saberlo, el padre de su hija.

Rechazada después de una noche que a ella le había parecido maravillosa, Maisie había mantenido el nacimiento de su hija en secreto. Antonio estaba decidido a reclamar a su hija, pero Maisie sabía que debía proteger su corazón…